鉄仮面の自衛官ドクターは男嫌いの契約妻にだけ激甘になる【自衛官シリーズ】

晴日青

STARTS
スターツ出版株式会社

目次

鉄仮面の自衛官ドクターは男嫌いの契約妻にだけ激甘になる

【自衛官シリーズ】

特別書き下ろし番外編

鉄仮面の自衛官ドクターは
男嫌いの契約妻にだけ激甘になる
【自衛官シリーズ】

1トラウマと向き合う日

「大丈夫ですか？」

勤め先から帰宅する途中、道端にうずくまる女性を発見して声をかけた。

胸を押さえ、荒い呼吸を繰り返す彼女の顔は、頼りない街灯の明かりでもはっきりとわかるほど青白い。年齢は五十代後半、それよりもう少し上だろうか。私の父や母と同じくらいに見える。

咄嗟（とっさ）に駆け寄った私を見上げる余裕さえないのか、女性は縮こまって首を左右に振った。

「胸が、苦しくて……」

「ゆっくり深く息を吸ってくださいね。吸って……吐いて……。焦らず、呼吸に集中してください。すぐに救急車を呼びますから、もう大丈夫ですよ」

努めて優しく、聞き取りやすいようにはっきりと告げて女性の背中をさすった。この様子から症状や原因を特定することは難しい。

私がスマホで一一九にかけている間、周囲に人が集まってきた。なにか大変なことが起きているらしいと気づいたのだろう。

それにはかまわず、女性の状況を確認する。呼吸が苦しくて動けないようだ。胸が苦しいというのは胸に痛みがあるという意味か、それとも息ができなくてつらいという意味か。幸い、意識はまだある。とはいえ、このまま放っておけばどうなるかわからない。

『一一九番、消防署です。火事ですか、救急ですか？』

と、電話の向こうから声が聞こえた。

「救急です。道端に女性が倒れているため連絡をしました」

端的に答え、すぐに現在地の住所を伝える。

「意識はありますが胸の苦しみを訴えています。呼吸が浅く、顔色が非常に悪いです」

現状を説明しながら、女性に「失礼しますね」と声をかけてそっと手首に指を当てる。じっくり確認しなくてもおかしいとわかるほど、脈が速くなっていた。

その旨も伝え、救急車を向かわせるという言葉を聞いてほっと息をつく。ひとまず救急車の要請は完了したが、まだ安心できる状態ではない。

少しでも女性の症状と気持ちが落ち着くよう背中を撫でていた時だった。

「うっ……」

小さな呻(うめ)き声が聞こえたかと思うと、不意に女性の肩が跳ねた。

ぐらりとその身体が傾くのが見え、咄嗟に腕を伸ばす。だけどぎりぎりのところで私の手をすり抜け、彼女は地面に倒れ込んでしまった。

「大丈夫ですか？　大丈夫ですか！」

軽く肩を叩いて大声で呼びかけるも、女性の反応はない。

冷たい水を浴びせられたかのように、自分の全身から血の気が引いていくのがわかった。救急車が到着するまでまだ時間がある。その間の対応次第で、この女性の命運が分かれる。

すぐに顔を上げ、いつの間にか私たちを取り囲んで輪を作っていた人々の中から、若い女性を指し示す。

「すみません！　そこのあなた、ＡＥＤ(エーイーディー)を持ってきてくれませんか？」

「えっ、で、でも、どこにあるか……」

「ＡＥＤならここにある」

戸惑う女性の声に聞き取りやすい低い声がかぶさる。

振り返ると、人々の輪を抜けて男性が近づいてきた。

精悍(せいかん)な顔つきをした短髪の男性は、見上げるほど背が高い。顎のラインや眼差(まなざ)しが鋭いからかシャープな印象を受け、肩幅は平均的な男性よりもかなりがっしりしていて胸板も厚そうに見える。

男性が私の隣に膝をつくのを見て思わず身体が強張るも、必死に自分の〝恐怖〟を抑え込んだ。

男性がＡＥＤを置き、手際よく中の本体を取り出す。その慣れた手つきからは、こういった経験が初めてではないと察せられた。

「使用経験はあるか？」

「あります」

「だったら任せた。救急車は？」

「呼びました」

手早く支度をしながら答えていると、懐かしい気持ちがよみがえる。

かつて私は『ＪＩＣＡ（ジャイカ）――独立行政法人国際協力機構（どくりつぎょうせいほうじんこくさいきょうりょくきこう）――』で働いていた。ＪＩＣＡとは開発途上国への国際協力を行う機関だ。人材育成を行ったり、技術協力をしたり、インフラ設備を整えたり、災害が発生した時には支援を行ったりと様々な活動を行う。私はそこで看護師として医療関係の仕事を担っていた。今は訳あって現場を離れ、化粧品メーカーに勤めている。

「わかった」

男性は短く答えると、周囲の人々に向かって声をかけた。

「視界を覆えるものをお持ちの方はいませんか。マフラーやストールや……上着でもかまいません」

女性の呼吸がないのを改めて確認している間、男性の呼びかけを聞いて安堵を覚える。

この人はわかっている人だ。倒れている女性の尊厳を守るため、好奇の目にさらされないよう身体を隠すためのものを探してくれている。

「そこ、スマホを向けるな。見世物じゃない」

そんな声まで聞こえ、ますます強い安心感に包まれた。

どうやら彼は、私がAEDの使用経験者だと知り、私の手が回らないところのフォローに入ってくれたようだ。

この雰囲気からすると彼のほうがAEDの使用に慣れていそうだが、相手が女性だと考えて私にすべて任せたほうがいいと判断したのではないだろうか。

女性の気道を確保した後、胸の上に組んだ両の手のひらを添えてぐっと押し込む。

胸骨圧迫——いわゆる心臓マッサージだ。人形を相手に何度も練習したおかげで、突発的な状況でも勝手に身体が動いてくれる。

「ティッシュをもらった。使うといい」

「ありがとうございます」

ポケットティッシュを脇に置かれ、本当に〝わかっている〟人だと感心する。

しっかり三十回の圧迫を終えた後、ありがたくティッシュを使わせてもらうことにした。一枚取り出し、女性の口もとに当ててから顎を上向かせる。唇を当てて息を吹き込むと、女性の胸がふくらむのがわかった。

今回の場合は吐しゃ物もなく、血液が出ているわけでもないから当てはまらないだろうが、意識を失う理由に感染症による影響が含まれることも多々ある。少しでも感染のリスクを減らすために、こうした対応を取るのだ。

私が人工呼吸と胸骨圧迫を続けている間、男性は私たちが好奇の目にさらされないよう集まった人を使って布の壁を作り、手もとが暗くならないようスマホの明かりでずっと照らしてくれていた。

そうしているうちに救急車が到着する。女性がストレッチャーに乗せられて運ばれていく間、男性の救急隊員が私たちのもとにやってきた。無意識に足を引きそうになるが、ぎりぎり堪える。

「ご家族ですか？」

「いいえ、たまたま通りかかっただけです」

「なるほど。差し支えなければ、お名前と連絡先を伺わせてください」

メモを用意した救急隊員を見ながら、隣の男性を窺う。私の視線を受けて促されていると感じたのか、彼は先ほどと同じく聞き取りやすい声で言った。

「羽白悠生。陸上自衛隊にて医官を務めています」

え、と思わず隣に立つ男性に視線を戻してしまった。続けて住所を伝えていた男性——羽白さんが私を見て訝しげに眉根を寄せる。

「なにか？」

「あ……いえ」

まじまじと見すぎてしまったことに頭を下げつつ、私も救急隊員に自分の名前を告げる。

「月城律です。月は空の月に、城はお城の城で……」

「……月城さん？」

今度は羽白さんが驚く番だった。驚いてくれたことに、なぜかうれしさを感じた。

なにかあれば連絡すると言い残して去った救急隊員を見送り、改めて羽白さんと向かい合う。

「ご無沙汰(ぶさた)しています」

「まさかこんなところで再会すると思わなかった。元気そうでなによりだ。最後に会ったのは……」

「タンザニアです。四年前になりますね」

「もうそんなに経つのか。あの時は……大変だったな。もう大丈夫か？」

気遣わしげな声にじわりと胸が熱くなる。

「……いえ、あまり。あれ以来、男性が苦手になってしまって」

四年前、二十三歳の私はＪＩＣＡの一員として、看護師業務に携わっていた。そこで出会ったのが、陸上自衛隊の医官として派遣された当時二十九歳の羽白さんだ。

出会ったというよりは、〝助けてもらった〟というほうが正しい。

お世辞にも整っているとは言い難い宿舎で休んでいたあの夜、私は現地の住民に襲われたのだ。『優しくしてくれたのは、自分に好意があるからだろう』と言いながら男に覆いかぶさられ危ないところだったのを、偶然物音を聞きつけた羽白さんが救ってくれた。

怯えて震える私には一切触れずに上着をかけるだけに留(とど)め、一定の距離を保って

『大丈夫だ』と声をかけてくれたあの気遣いは、一生忘れられない。

「だから今は一般企業に勤めているんです」

男性が少ないとみて女性用化粧品メーカーに転職し、事情を説明したうえで事務に配属してもらった。今の職場は男性もいるが、接触が少ないおかげでなんとかやれている。

「そうだったのか。……知らなかった」

「そんな顔をしないでください。すみません、変な話をしてしまって」

「いや、話を振ったのは俺だろう。嫌なことを思い出させてすまない」

なにも悪くないのに申し訳なさそうに言う姿が、私を助けてくれた時の姿と重なる。あの時も彼は私に『すまなかった』と言ったのだ。

どうして恩人にすぐ気づけなかったのだろうと考え、すぐに彼が四年前とは違うからだと思い至る。

四年前よりもたくましくなり、より洗練されて研ぎ澄まされたように見える。今は泥や砂埃で汚れていないし、なによりラフなシャツとパンツの私服だ。自衛隊の制服を脱ぐだけで、こんなに印象が違って見えるのかと驚く。もしくは、私の中にある彼に自衛隊員としてのイメージが強すぎるのだろう。

「あの、よかったらもう少しお話しできませんか？」

ここでお別れというのも寂しい気がして、咄嗟に声をかけていた。

言った後に、不思議と彼には恐怖心を抱いていないと気がつく。羽白さんだとわかっていなかった時は、近づかれただけで身体が強張ってしまったのに、だ。

「じゃあ……ぜひ。夕飯でもいかがでしょう。おすすめの場所があるんです」

男性が怖いと言った直後に誘われたからか、羽白さんは少し戸惑っているようだった。だけど疑問を口にすることなく誘いに応えてくれる。

もしかしたら、この人なら怖くないのかもしれない。なにせ私を恐ろしいひと時から救ってくれた恩人なのだから。


急な誘いにもかかわらず、羽白さんはとても素敵なレストランに連れてきてくれた。

ホテルの一階部分にあるそこは、中庭がよく見えるようになっている。今は夜だからか、花壇がライトアップされていて非常に雰囲気がよかった。

店員からは個室も空(あ)いていると言われたが、羽白さんは私に聞く前に断ってくれた。

私の事情を知っているから、男の自分と個室でふたりきりになるわけにはいかないと思ってくれたのだろう。四年経とうと彼の思いやりが変わっていなくて温かい気持ちになる。

「素敵なお店を紹介してくださってありがとうございます」

「以前来た時に、いい店だと思ったんだ。喜んでもらえてよかった」

羽白さんの表情がやわらかく緩んだのを見て、この人はこんな顔もするのかとひそかに驚いた。

唇を引き結んだ気難しそうな表情のイメージが強かったから、意外に感じる。

その後はメニューを開いて料理を選んだ。

写真と一緒に料理名が書かれているため、どれもおいしそうに見えて悩んだけれど、最終的にはアンコウとアーティチョークのニョッキにした。羽白さんはハンバーグステーキとシーフードドリアだ。ライスの代わりにドリアを注文する人を初めて見た。

料理が運ばれてくると、しばらくお互いの間から会話が消えた。おいしい料理を味わい、飲み込んでからほっと息を吐く。

「雰囲気も素敵なお店ですが、お料理も素晴らしいですね」

子どもっぽく「おいしい」と言いそうになったのを堪えて言うと、羽白さんが安堵したように微笑する。

「それだけで足りるか？」

「ええ、充分です」

どうやら彼はよく食べる人のようだから、そんな質問をしてきたのだろう。自衛官として身体を動かすから、その分エネルギーが必要に違いない。

食べるものはがっつりでも、食べ方は非常にきれいだ。上品さすら漂わせていたから、私の食事作法は彼の目に見苦しく映っていないか心配になった。

「それにしても今日は本当に驚いた。こんな形でまた会うことになるなんて」

「羽白さんが手伝ってくださって、とても心強かったです」

「それを言うなら俺もそうだ。無駄のない応対に感心していたんだが、君ならあのくらいは当然だったな」

「ありがとうございます」

現場を離れた今も、そんなふうに言ってもらえるのはうれしい。そう思うと同時に、自分はまだ過去に未練を残しているのだろうかと食事をする手が止まった。

「どうかしたのか？」

それを見逃す羽白さんではなかったようで、声をかけられる。

「私……久し振りにああいう現場と向き合いました。あの女性が無事だといいんですが」

「君の対応は完璧だった。だからきっと大丈夫だ」

「……もし、あの場で倒れていたのが男性だったら、あんなふうにはできなかったかもしれないと思うと怖いです」

自分の手を見つめ、唇を噛む。

「あの日、羽白さんが助けてくれたのにまだ怖いんです。男性が近くにいるだけで緊張してしまって、身体が動かなくなったり、ひどい時には頭も真っ白になったり……」

襲われたこともトラウマができたことも、両親には話せていない。心配をかけたくなかったからだが、それによって自分の気持ちをさらけ出す場所を失った。

こんな話、せっかく会えた人に言うべきじゃない。わかっているのに、なぜだか止まらなくなる。

「……救急車が到着した時もそうでした」

「……ずっと苦しんできたんだな」

「もうあれから四年も経つのに、どうして克服できないんでしょう」

もう医療従事者ではないのだから、自分が率先して動く必要はないはずだ。

だけど、なにをすべきかわかっているだけに傍観者ではいられそうにない。

「どこまでの範囲が難しいんだ？　俺とはこうして向かい合って話しているが、会話くらいなら平気なのか？」

「……そう、ですね」

質問されてからふと、ほかの男性に感じる無意識の恐れがないことに気づく。

「だけどほかの人だったら、長時間ふたりで向かい合って話せないと思います。羽白さんだけ大丈夫なのかな……」

「じゃあ、触れられるのは？　あるいは、君から俺に触れるのは？」

少し考えてから、彼に触れたり触れられたりするところを想像して首を左右に振る。

「実際にやってみないとわからないと思いますが、たぶん……難しい気がします。でも羽白さんが悪いわけではないので、それだけは……」

「ああ、わかっている。そんな状態で生活するのは大変だっただろう。俺と話すのは問題なさそうだと言っていたな。こうして会えたのもなにかの縁だし、君のトラウマを克服する協力ができたらいいんだが……。あの時、俺がもう少し早く助けられていたら、今も苦しまずに済んでいただろうから」

トラウマ克服のために誰かに協力をお願いするなんて、今まで考えたこともなかった。自分の心の問題だから、ひとりでどうにかするしかないと思っていたのに。

「羽白さんが責任を感じる必要はありません……！」

「それでも、何度も思ったんだ。俺が間に合ってさえいればと」

四年前の事件に囚（とら）われているのは、もしかしたら私だけじゃなかったのかもしれない。そんなふうに思った。

「だから手伝えることがあるなら言ってくれないか。今度こそ、君の力になりたい」

まっすぐ見つめられながら言われ、目の前が明るくなった気になる。

「もし……もし、お手伝いしてくださるならとてもありがたいです」

この人なら大丈夫、という気持ちが私を奮い立たせる。だけどすぐに、自分のことばかりで羽白さんの都合を後回しにしてしまったと気づいた。

「甘えてしまってごめんなさい。私もなにかお返しできたらいいんですが」

「……だったら、俺も助けてもらいたいことがある」

「やらせてください。それがお礼になるなら」

思わず前のめりで言った私に向かって、なぜか羽白さんは困ったように眉を下げた。

そして短く告げる。

「結婚してほしい」

「……え？」

まったく予想していなかったお願いをされ、思考が止まる。

「え、と……結婚……ですか」

「ああ。実は、ずいぶん前から、両親に結婚するよう迫られている。政略結婚、と言えばわかりやすいだろうか」

「政略結婚……」

「最近になって、家の都合に合う相手を見つけてくるようになった。このままでは俺の意思を無視して、勝手に婚姻届を出しかねない勢いだ。さすがにそれはないと思いたいが、そのくらいひどくなっていてな」

「そこまで……」

「しかも、俺が自衛隊を辞めて家業を継ぐ前提で話を進めようとしている。自衛官を辞めるつもりはないと再三伝えているんだが、聞き入れる気はないらしい。正直、うんざりしているんだ」

「失礼ですが、ご実家は名家なんですか？」

今どき政略結婚を決められ、さらに自衛官という立派な職業を辞めさせてまで家業を継がせたいなんて、羽白さんは先祖代々続く名家の跡継ぎなのかもしれない。そんな家に生まれながら、羽白さんが自衛官をやっている理由も気になる。

「一般的な家庭かと言われると違う。先祖代々続く医師の家系なんだ。両親は俺に実家の病院を継がせたがっている」

「由緒正しいお医者さんの家系なんですね」

それならばたしかに、同じ医師家系同士の結婚であったり、病院をより発展させるための協力者として結婚相手を探しそうだ。

しっくりきてうなずきつつ、自衛官らしくがっちりした体格の羽白さんの所作が洗練されているのは、立派な家庭で生まれ育ったからかとひそかに思った。

「そうなると、たしかにいつかは結婚して、家を継がなければならないように思うんですが……」

「恋愛や結婚には興味がないんだ。それよりも、自分にやれること……自衛官としての仕事に集中したい。たとえ俺が独身を貫いて自衛官を続けたとしても、跡継ぎなら弟がいる」

「弟さんもお医者さんを？」

「そうだ。心臓外科医をやっている」

心臓外科の手術はほかの専門分野の手術に比べると、かなり難易度が高い。羽白さんの弟となるとまだ若いだろうから、トップクラスのエリートと言っていいだろう。

「弟には結婚を考えている相手もいるし、俺より病院経営についても理解がある。ただ先に生まれたからという理由で、俺に跡を継がせるのは間違っている……と思っているが、両親はそう考えていない」

羽白さんが小さく息を吐いてグラスの水で唇を湿らせる。

「ふさわしい相手と結婚した後は医官を辞めてもらう、とはっきり言われた」

「そんな簡単に辞められるものなんですか……？」

「君が思っているほど難しくはない。実際に医官を辞めて病院勤務を選んだ友人たちもいる。何人かは、うちの系列病院で活躍中だ」

前例があるなら、たしかに医官を辞めさせるという考えが出ても仕方がないのかもしれない。

羽白さんには医官を辞める気がないから、その点でご両親と考え方が合わないのだろう。

「俺は俺の居場所で人を救いたい。たしかに両親は『どこにいようと医師としてやることは同じ』と言う。理解はできるが……医官を辞めたくない。この気持ち、わかってくれるだろうか」

「ええ、わかります」

病院だろうと、開発途上国の現場だろうと、災害地域だろうと、たしかに医療従事者に求められる役割は同じで優劣はない。

「四年前、私はあの現場で、手が届かないところに必要な支援がちゃんと届く感覚を味わいました。助けを必要としている人があんなにいるなんて、病院に勤務していたら気づけなかったと思います」

もしも病院で看護師をしていたら、また別のことに気づいただろう。だけど私の印象に強く残っているのは、そもそも病院や医師というものに頼ることを知らない人たちとの出会いだった。

「自衛隊医官になろうと思った理由もそれだ。恩師の紹介で現役の医官と話して、自分の知らない世界があることを知った。俺は必要としている人を待つんじゃなく、自分からその人たちのもとに行って手を差し伸べたい」

あまりこういう話を誰かとしたことはないけれど、こんなふうに共感してくれる人はあまりいないんじゃないかと、なんとなく思った。

だから、自然と言葉がこぼれ出る。

「結婚した後、私はどんな奥さんでいればいいですか？」

心を決めて尋ねると、羽白さんが少し驚いたように私を見た。

「本気で引き受けてくれるのか？」

「はい」

「……両親を黙らせるための一時的な結婚である以上、いつかは終わらせるつもりだ。そうなると離婚歴がつくことになる。それでも？」

「かまいません」

羽白さんがなぜ自衛隊医官でいたいのか、その理由を知った今はより強く彼の助けになりたいと思う。家族とは違う形で人を救いたいという気持ちを応援したかった。

「もしかしたら今日出会えたのは、偶然じゃなくて奇跡だったのかもしれませんね」

「……そうかもしれないな。また会えて、話ができただけでも充分だったというのに」

ゆっくり息を吐くと、羽白さんは改まった様子で私を見つめた。

「期限は君のトラウマが改善されるまで、でどうだろう。結婚生活が長くなればなるほど迷惑をかけてしまう可能性も高くなるが、最後まできちんと付き合いたい」

「その間にご両親を説得するんですね」

「ああ。……政略結婚から逃れるために、契約結婚をするというのも皮肉な話だな」

「やりたいことがままならないのはつらいと思います。だから、この結婚で解決させましょう」

「ありがとう。心強いよ」

心強いのは私も同じだ。羽白さんに協力してもらえると思うと、なぜだか勇気が出てくる。

これまでは男性を避けてトラウマから逃げてきたけれど、今度は違う。ちゃんと向き合って、男性に対する苦手意識を克服したいと強く思っている。

そう思えたのはきっと、先ほど久し振りに看護師らしいことをしたからだろう。男性患者が来た時に力になれないと思って逃げた場所に、もう一度戻りたくなった。

それだけでなく、羽白さんの温かな褒め言葉を聞き、まだ自分にもやれることがあるのかもしれないと思ったのも大きかった。

2契約結婚の始まり

急な話でやることは多かったけれど、ひとつずつこなしていけばいつかはすべてが片づくものだ。そういうわけで私は羽白さんの家に引っ越しをし、両親にも突然の結婚について連絡を済ませた。

当然両親は驚いた。だけど私が決めたことならと特に口出しはせず、また落ち着いた頃に顔を見せに来てほしいと言うだけで終わった。別に私と両親の関係が希薄なわけではなく、もともとそこまで干渉のない家庭というだけだ。

私が海外で看護師をすると聞いた時も、『大変だろうけど頑張れ』としか言わず、同僚のように『海外なんて危険だからやめなさい』『日本の病院に勤めるんじゃだめなの?』とは言わなかった。

このやり取りだけで終わったことについて、羽白さんは苦笑していた。

いつかは終わる契約結婚なのに、わざわざ挨拶をするつもりだったらしい。律儀な人だと思ったけれど、彼も忙しい人だし、私から必要ない旨を伝えた。

会社でも、結婚について総務と上司に伝えて終わりだ。旧姓のままのほうが仕事をしやすかったのもあり、特に同僚にも伝えずにいる。

婚姻届を提出し、羽白さんの家で生活するようになってあっという間に五日が経った。

広いリビングとそれぞれの部屋、そして和室という平均的な3ＬＤＫだ。三十階建てのタワーマンションではあるが、住んでいるのは三階である。

せっかくなら上の階に住んだほうがお得な気がする、と思っていたら、私の考えていることを察したのか、羽白さんが笑って教えてくれた。

「なにかあった時、上の階だと行動が制限される。だから三階くらいがちょうどいい」

たしかに自衛官は急な呼び出しもあると聞く。そうなった時、万が一エレベーターが止まったら大変だ。迅速な行動が必要な彼にとって大事なのは、利便性なのだろう。

オートロックはもちろん、トレーニングジムやスパまで併設されたマンションにはコンシェルジュがついていて、低層階であってもしっかりその恩恵に預かることができる。コンシェルジュに渡すだけでクリーニングや荷物の郵送が完了すると聞いた時、三十階に住んで高層からの景色を楽しめなくても充分だなと思った。

結婚生活六日目は、ふたりで迎える初めての土曜日だ。

夫婦になって変わったのは、彼と同じ家で過ごすようになったことくらいで、ほかにこれまでとの大きな違いはない。

結婚指輪だって特にしていなかった。

夫婦らしくするなら用意をしてもいい気はしたけれど、安い買い物ではないし、いずれ離婚する関係のために購入するのはもったいない。

だから羽白さんが言ってこない限り、私から聞かなくてもいいと判断した。

「おはようございます」

「ああ、おはよう」

自室から出ると、もうリビングに羽白さんの姿がある。上下ともにグレーのラフな部屋着は少し大きめなのか、きっちりした彼にしては緩い印象を受けた。

結婚するにあたり、彼は私の部屋をちゃんと用意してくれた。いつか終わる生活だろうと妥協せず、ベッドまで新しく買ってくれたのだ。もともと物置として扱われていた部屋は、今や私の城と化している。

「朝が早いんだな。土曜日なんだから、もっとゆっくりしていればいいのに」

そう言われて時計を見ると、ちょうど時計の針が八時半を示していた。

「この時間に起きることに慣れたのか、いつもこのくらいで目が覚めてしまうんです」

「二度寝はしないのか？」

「そうですね、あまり……。金曜の夜に飲み会があったりすると、お昼まで眠りたくなりますが」

私が働いている化粧品メーカーは飲み会が少ない。同僚と付き合いはあるけれど、あくまで仕事の関係とお互いに割り切っているからか、プライベートで飲むこともほとんどなかった。私や同僚だけでなく、会社全体がそんな雰囲気だから、きっと似たような気質の人間が偶然集まったのだろう。

「朝食はどうする」

「あ、なにか作ります」

「いや、俺が作ろう。君はまだ起きたばかりだ」

「でも奥さんになったんだから、食事の支度くらいしたほうが……」

キッチンへ向かう羽白さんを追いかけてから、足を止める。ダイニングの奥まったところにあるキッチンは、長身の羽白さんがいると狭く見えた。私が一緒に入ったら、きっともっと狭くなるだろう。身動きが取れなくなるとは言わないが、なにかの拍子に身体がぶつかる可能性がある。

「どうした？　……ああ、すまない。そういうことか」

聞いておきながら、羽白さんはすぐに納得した様子で言う。そしてキッチンを出ると、私から充分に距離を取った。

「どこまで平気なんだ？　俺が作ったものを口にすることや、俺が使った食器に触れるのは大丈夫か？」

「あ……はい、それは大丈夫です。急に触られたり、近づかれたりすると驚くので、それだけ気をつけていただければ……」

「わかった。加減がわからなくて困らせたらすまない」

「謝らないでください。迷惑をかけているのは私ですから……！」

使った食器に触れても大丈夫か、と聞かれるとは思わなかった。だけど裏を返せば、そのくらい気を遣ってくれているということだ。

この人との同居生活ならうまくやっていけると改めて思いながら、羽白さんが空けてくれたキッチンに足を踏み入れる。あまり使用された形跡はないけれど、ひと通りの調理器具は揃(そろ)っているようだ。

「冷蔵庫を開けてもいいですか？」

「もうここは君の家だ。いちいち許可を取る必要はない。好きに使ってくれ」

「ありがとうございます。では、失礼しますね」

冷蔵庫を開けると、キッチンと同じくらいすっきりしていた。

卵に牛乳、そしてバター。それと八枚切りの食パンが五枚残されている。

後はこまごまとした調味料と、ミネラルウォーターのペットボトルが入っていた。

「……ええと」

「ちなみに、作るとしたらトーストと目玉焼きの予定だった」

簡単だが、休日の朝にふさわしい朝食のように思う。

私もそれを作ろうかと考えてから、せっかくならもう少し料理らしいものを披露すべきかと悩んだ。

「もし甘いものがお嫌いでなければ、フレンチトーストならすぐに作れます。目玉焼きとトーストのほうがよければそれでも」

「いいな、フレンチトースト。普段はあまり食べないんだ」

「じゃあ、そうします。お砂糖は多いほうがいいですか？　お好みに合わせて甘さを調整しますよ」

「そうだな……ちなみに君はどっちだ？」

「私はお砂糖多めです。甘いものは甘く食べたいので」

「じゃあ、同じで。また次にお願いする時、今日の味を基準にして甘くするかどうか決めよう」

さっそく材料を取り出し、ボウルに卵を割って牛乳と砂糖を混ぜ、パンを浸す。

本当はひと晩卵液にパンをつけておくと、とろりとした味わいになっておいしくなるのだが、残念ながら今からは間に合わない。

「この一週間、外食か買ってきたもので済ませてきただろう。これからもそれでいいかと思っていたんだが、料理をするのが趣味だったりするか？　下手に遠慮しないほうがありがたいなら、食事の担当はお願いしようと思う」

「料理をするのは好きですし、特に予定がない時は食事を用意しますね」

「わかった。……あまり手料理を食べる機会がないから、新鮮だな」

「そうなんですか？」

温めたフライパンにバターを落とし、じっくり溶かしながら尋ねる。

「外で済ませたほうが早いしな。家で食うとしても、手間をかけなくて済むパンやおにぎりにしがちだ」

「ということは、朝ご飯は簡単に食べられるもののほうがいいですか？」

「別に気を遣わなくても」

「仮にも奥さんをやるのに、気を遣わないわけにはいきません」

フライパンを回して溶けたバターを広げる。ふわっといい香りがして、空腹を刺激された。

「たしかに夫婦でいるよう頼んだのは俺だが、家にいる時は自由にしていい。どうせ誰も見ていないんだから」

「だけど普段から他人のように過ごしていたら、咄嗟の時にも他人として振る舞ってしまいそうで。なにより、これは私の訓練でもあります」

卵液につけておいたパンを熱したフライパンにのせると、じゅっと小気味いい音が響いた。さっきまでよりも濃厚なバターの香りが漂い、自然と口もとに笑みが浮かぶ。

「訓練？」

「はい。男性に慣れる訓練です。克服したら私も普通に恋愛をして、結婚するかもしれませんしね」

「失礼な質問になったら申し訳ない。……これまで、恋愛経験は？」

「学生時代に一度だけ。でも、一週間で別れました」

キッチンの入り口の壁にもたれていた羽白さんが、意外そうな顔をする。

「なぜ？　君ならうまくやっていけそうなのに」

「カラスにつつかれて怪我をした猫を、動物病院に連れていったのが嫌だったらしいです。泥や血で汚れているのに、平気な顔で抱き上げたのが気持ち悪かったと言われました」

「失礼な男だ。猫だろうと手を差し伸べるなんて、優しいじゃないか」

　火を通したフレンチトーストを皿に置きがてら、羽白さんのほうを見る。むっとした顔をしていることから、今の言葉が本心だとわかった。

「君は学生の頃からそうだったんだな。だから医療の道に？」

「それがきっかけではありませんが、そうですね。小学生の頃から、保健委員をやっていたのが一番の理由かも」

「それはまた意外な理由だな」

　二枚目のフレンチトーストを焼きながら、皿を羽白さんに差し出す。手渡ししようとしたけれど、一瞬自分の手が強張ったのを見てやめておいた。

「怪我をする人と接する機会が多かったんですよね。さっきまで泣いていた人が、手当てをしたらほっとした顔になるんです。そういう時、ああよかったなって」

「なるほど、やっぱり君は優しいんだな」

「そうなんでしょうか？　自分でも役に立てることがあるんだって、承認欲求を満たしていただけだと思いますよ」

「その承認欲求のおかげで救われた人がいるならいいだろう。偽善だろうとなんだろうと、行動することに意味がある」

真面目にフォローされて、くすくす笑ってしまった。

羽白さんの言葉のほうが、私のささやかな行為よりずっと優しい。

もうひとつフレンチトーストを完成させ、次の皿にのせる。先に作ったものがまだ置いたままになっているのを見て、不思議に思った。

「せっかく出来立てなのに冷めちゃいます。お先にどうぞ」

「人に作らせておいて自分だけ、というわけにはいかない。それに君と迎える最初の休日だ。一緒に食べたい」

温かなひと言にとくんと胸が音を立てる。

こんなふうに、誰かに一緒に食事をしたいと言われたのはいつぶりだろう。

「じゃあ、羽白さんの分はこっちです」

焼きたてのフレンチトーストを勧め、最初の皿を自分のもとへ引き寄せようとする。

だけどその前に、羽白さんが手を伸ばしてきた。

「あっ」

びくりと身体が跳ね、咄嗟に手を引っ込めてしまう。それを見た羽白さんが、軽く両手を上げて一歩下がった。

「すまない、つい。君が出来立てを食べてくれ。俺はこっちでいい」

「でも、出来立てのほうがおいしいです」

「だから君が食べるんだ」

そう言うと、羽白さんは少し冷めたフレンチトーストの皿を持ってリビングに向かってしまった。悩んだ末にその後を追いかけ、私もコーヒーテーブルの前に腰を下ろす。

羽白さんとの距離は人ふたり分。夫婦にしてはだいぶ遠い距離だけど、このくらい間があると安心する。

彼は無理にその距離を詰めようとしてこなかった。

今日までずっと、男性に慣れるならと自分から私に提案することもなく、ただの同居人として接してくれている。

だからきっとすぐに緊張も解けて、彼との生活に馴染(なじ)めたのだろう。

「いただきます」

偶然、ふたり同時に手を合わせて言った。お互いに顔を見合わせて少し笑い、フォークとナイフを使ってフレンチトーストを口に運ぶ。

「ハチミツかメープルシロップがあったら、もっとおいしいですよ。今度買っておきますね」

「今のままでも充分うまい。こういう朝食もいいな」

きれいな所作で食事をする姿をつい目で追う。切り分けたひと口分の大きさが、私よりもずっと大きいのを見て少し驚いた。

「……もう少し作りますか？」

「え？　ああ、いや。気にしなくていい」

「でもきっと足りないですよね……？」

自分基準で考えていたから、二枚しか作らなかった。だけど再会を果たした時、彼はハンバーグステーキにシーフードドリアを食べていたのだ。たった一枚のフレンチトーストで満たされるはずがない。

「朝はそこまで食わないんだ。だからいい」

「遠慮はしないでくださいね。すぐに作れますし、お腹が空いていると切ないですから」

「切ない、か。たしかにな」

ふ、と微笑したのを見て奇妙に胸が疼く。普段は無表情に近い真面目な顔をしているから、感情が動く瞬間を見ると不思議な気持ちになった。話していて無感情な人だとは思わないのに。

しばらく私たちは他愛ない話をしながら、甘い朝食を楽しんだ。

羽白さんが満足していないんじゃないかと心配だったけれど、本人がなにも言ってこないなら無理に勧めるのはやめておく。

食事を終えた後、食器の片づけは羽白さんが担当してくれた。申し訳ない気持ちになりつつ、ソファに座って彼を観察する。

なんとなくキッチン台が高い気はしていたが、こうして見ると羽白さんの身長に合わせてあったからだと気づく。

「羽白さんって、何センチあるんですか？」

「え？　……ああ、身長の話か？　最後に計った時は百八十七センチだった」

「どうりで……」

「ん？」

「大きいなと思っていたんです。私と三十センチも違いますよ」

食器を洗い終え、手を拭った羽白さんが十分な距離を保ってソファに座る。

「それだと、うちは使いづらいだろう。俺に合わせてあるから」

「言うほどではないです。キッチンが高いな、くらいで」

そう話しながら、少しだけ羽白さんに近づいてみた。私が距離を詰めてくると思っていなかったのか、驚いた顔をされる。

「平気か？」

「今は頑張れる気がします……」

「俺はおとなしくしておいたほうがよさそうだな。頑張れ」

リラックスした体勢のまま、羽白さんが私を見つめる。

こんなふうに楽しく話せている今なら、抵抗なく近づける気がする。

大人ひとり分の距離を無事に詰め、一度止まって深呼吸した。

「意識すると、どきどきしますね」

「無理はしないほうがいい。時間ならある」

「ありがとうございます。どこまでできるかというより、どこからがだめなのかちゃんと知っておきたくて……。触っても大丈夫ですか？」

「ああ、好きなようにしてくれ。そのための契約だからな」

再び動き出し、おそるおそる羽白さんに手を伸ばす。どこに触るつもりかまったく考えていなかったせいで、宙に浮いたまま手を止めてしまった。

「どうしたんだ？」

「どこに触ろうかと……」

「ここでどうだ」

羽白さんが私に向けて手のひらを見せる。私よりもずっと大きな手だ。指が長くて骨ばっている。

ハイタッチするように触れるのが正解だろうか。握るのはちょっと違う気がする。どれならできるかと考え、指の先でちょんとつついてみた。

「触れました！」

「ああ、その調子だ」

お互いに顔を見合わせて笑い合うと、これまでにない勇気が出てきた。

意外に大丈夫なのかもしれないと期待し、そっと手のひらを重ねてみる。

だけど彼の体温を手のひらいっぱいに感じた瞬間、背筋がぞわりとして身体ごと引いてしまった。

「あ……」

「平気か？　顔色が悪い」

「ちょ……調子に乗りました……」

心臓が嫌な意味でどきどきしていた。

全力疾走した後のように鼓動が速くて、呼吸が浅くなる。うまく息を吸えずにいると、羽白さんがすぐに水を持ってきてくれた。

「ここに置いておく。ゆっくり深呼吸をするんだ」

「は、い」

は、は、と短い呼吸を繰り返しながら、用意されたグラスを両手で持つ。

「大丈夫だと思ったのに……」

「そう簡単に解決できないから、ずっと苦しんできたんだろう。心配するな。今回がうまくいかなかっただけで、徐々に慣れていけばいつかは解決する」

「そうだといいんですが……」

ゆっくり水を飲むと、だいぶ気持ちが落ち着いた。深呼吸を繰り返しているうちに、だんだんと呼吸も鼓動も元の状態に戻る。

「羽白さんは大丈夫だってわかってるのに、どうしてでしょう……」

肩を落として言うと、優しく声をかけられる。

「頭でわかっていても、心が追いついていないんだろう」

「……すみません。嫌だとか嫌いだとか、そういうわけではないんです」

「ああ、わかっている。だから落ち込むな」

触れただけでこんな状態になるなんて、嫌だと思われても当然だ。それなのに羽白さんは根気よく私を励ましてくれる。

「ゆっくり慣れていけばいい。君が安心して触れられるようになるまで付き合う」

「ありがとうございます……」

ちゃんと触れたいな、と改めて思った。男性への恐怖を克服したいという以上に、ここまで言ってくれる羽白さんの体温をちゃんと感じてみたい、と。

自分の手のひらを見つめ、軽く握りしめる。

「次は調子に乗らないようにします。……つついてもいいですか？」

「ああ」

触れるのはまだ早いと判断し、指でちょんと彼の手をつついてみる。このくらいならまだ大丈夫らしい。とはいえ、これがほかの男性ならここまでですら無理だろうから、やはり羽白さんは特別な人なのだ。

「これに関しては、君の心の捉え方によるものが大きいと思う。物理的な距離を縮める前に、まずリラックスするところから始めるのはどうだ？」

「リラックス、ですか」

「ああ。たとえば……名前を呼ぶ、とか」

なるほど、とうなずきを返す。

「よく考えたら、夫婦なのに苗字で呼ぶのはおかしかったですね。ええと、その……悠生、さん」

いつも苗字で呼んでいたから、下の名前で呼ぶのは奇妙な気分がした。まったく別の人を呼んでいるような気がして、不安すら感じる。

「悠生さん」

「俺も下の名前で呼んだほうがいいか？　嫌なら、外で夫婦を演じなければならない時だけにする」

「大丈夫です」

「じゃあ……律」

きゅ、と無意識に唇を引き結んでいた。私をそう呼ぶのは親しい友人か、両親くらいだ。少なくとも男性には呼ばれたことがない。

ほんの一週間とはいえ、交際した彼氏でさえ苗字で呼んでいた。名前を呼ぶ前に別れてしまった、というほうが正しいのかもしれないけれど。

「呼び捨ては失礼だったか」

「あ、いえ、違うんです。男の人にはあまり呼ばれないので……不思議な感じがして」

「どっちがいい。律と、律さん」

「……律、で」

どちらもあまり変わらないのに、どちらも魅力的だと思った自分が不思議だった。ただの名前に過ぎないのに、悠生さんが大切そうに呼んでくれたからかもしれない。

「律、律……。俺も慣れが必要だな」

「私も頑張ります。夫婦らしくしなきゃ」

「だったら敬語も取っていい。呼び捨てだってかまわない」

「でも悠生さんのほうが年上です。六つ上でしたよね？」

「だが、夫婦だ」

夫婦という言葉に心臓がどきりと音を立てる。私たちの関係が夫婦だなんてわかっているのに、なぜ今さら思い知った気になるのだろう。

「……悠生さんって呼びます。敬語も、このままでいいですか？」

「ああ」

「距離を取りたいわけではないんです。ただ、その、なんだか、あの」

「別に理由がなくてもかまわない。そうやって緊張しないために提案したんだ。難しく考えないでくれ」

「……はい」

声には出さず、唇だけを動かして「悠生さん」とつぶやいてみる。

「また少し、夫婦に近づいた気がします」

「なによりだ。……来週のためにも、頑張ってくれ」

その言葉で、来週に控えている顔合わせを思い出す。悠生さんの実家に向かい、ご両親に夫婦だと伝えるのだ。

そこでは当然、夫婦らしい振る舞いを求められる。

名前を呼ぶだけでなく、もしかしたら触れ合いも必要になるかもしれない。

ご両親が医師なら、私のトラウマについても理解を示してくれるかもしれないが、面倒な女が嫁に来てしまったと思われる可能性もある。

もとより否定されて当たり前の結婚だが、悠生さんの不利になるようなことはしたくない。それでは私が妻を演じる意味がなくなる。

「……悠生さん」

「なんだ？」

小首を傾げた悠生さんを見つめ、視線をさまよわせてからまた手を差し出した。

「もう少しだけ練習させてください。……来週のために」

＊　＊　＊

たとえ悠生さんが相手であっても、長年のトラウマはそう簡単に解消できなかった。義実家に挨拶をするその日までにはもう少し改善できたらと願ったけれど、これといった成果を得られないまま、ついにその日を迎えてしまった。

彼の実家は二階建ての一軒家だ。モダンスタイルでスマートな外観をしている。医師を輩出してきた一族だと言っていたけれど、この家が既に病院のようだと思った。

車をガレージに停めた後、玄関のドアを開ける前に悠生さんが言った。

「面倒事に巻き込んですまない」

「面倒事だなんて思ってません。ただ、お父様のほうはあまり見ないようにしても大丈夫でしょうか？」

気にしなくても平気だと自分に言い聞かせても、どうしても男性がいると認識しただけで心臓が早鐘を打つ。

ご両親の望まない結婚をした彼にこれ以上悪印象を与えさせないためにも、妻としての役割をきちんとこなしたかった。それが悠生さんと彼の父親を意識しないこと、というのもおかしな話だけれど。

「ああ、俺のこともいないものとして扱ってくれてかまわない。だが、フォローはする」

そう言ってから、悠生さんは自分の手を見た。

「こういう時、勇気づけるために手のひとつでも握るものだと思っていた。君の場合はどうすれば安心させられる?」

彼は自分の考えていることや疑問をちゃんと口にしてくれる。その事実に安心感を覚えながら、首を左右に振った。

「悠生さんのフォローがあるとわかっているだけで充分です。頑張りましょう。結婚生活を乗り切るためにも」

「……君は頼もしいな」

真面目な顔で褒められて少しだけ照れくさい。

悠生さんはひとつうなずくと、自分の訪れを知らせるために玄関のチャイムを鳴らした。

家の中に入ると、内装は外観同様にシンプルで静かな雰囲気を醸し出している。廊下に飾られた花瓶は高級感があり、芸術作品のように見えた。

悠生さんに導かれるまま廊下を進み、やがて木目が美しいドアの前にたどり着いた。

彼がドアをノックするのを見て、手を強く握りしめる。自分がひどく緊張しているのがわかった。初めて医療現場に出向いた時と同じくらいに。

「入るぞ。妻を連れてきた」

そう言って悠生さんがドアを開けると、中にはふたりの男女がテーブルの向こう側に座っていた。

ふたりとも厳しい表情をしている。悠生さんのご両親だろうという予測はついたけれど、どちらも彼とはあまり似ていないように見えた。

悠生さんの母は白いブラウスに黒いスカートを合わせた姿で、微笑みを浮かべることもなく私を見つめていた。その目には明らかに疑いと敵意が映っている。

悠生さんの父も無言で私たちを見ているけれど、その表情は硬く、まるで私の存在を受け入れたくないかのように見えた。

好意的とは言いがたいふたりの冷たい視線に、思わず背筋が伸びる。ただでさえ高まっていた緊張がますます増すのを感じ、ゆっくり深呼吸をした。

「月城律です。お邪魔いたします」

彼のご両親の前で羽白の苗字を名乗るのはおかしいだろうと考え、旧姓で挨拶をした。

絞り出した声は緊張のせいか震えていて、隣に悠生さんがいるとわかっていても不安が消えてくれない。

「ふたりとも、彼女は――」

「悠生の妻になるという意味を、本当に理解していますか？」

悠生さんが話そうとしたのを遮り、彼の母が私に向かって声をかける。氷の刃(やいば)を突きつけられたかと錯覚するほど鋭く、温度のない声だ。

悠生さんは顔をしかめると、私をご両親と向かい合う席へ案内する。

彼のご両親は、息子に対してもこんなふうに話しかけるのだろうかと少し気になってしまった。

「はい。理解しているつもりです。この国の責任ある職に就いて、誰かのために戦う彼を支えたいと――」

「支えるというのは、具体的にどういう意味ですか？」

これでは顔合わせというよりも面接だ。迂闊(うかつ)なことを言えば、すぐに追及される。

「たとえば……彼が帰ってくる家の環境を整える、などでしょうか。彼の仕事は忙しいだけでなく、急な出動を求められることもあります。そうなると家事を優先できないでしょう。ですから、彼が健康を保てるように食事の用意をしたり、掃除や洗濯をして生活環境を整えたりできればと思っています」

「律にも仕事があるから、無理はさせないつもりだ。だが、できる範囲で頼らせてもらいたいと思っている」

悠生さんが私の言葉の後を継いでフォローを入れた。自分の母が私に質問ばかりしないよう、矛先を変えようとしてくれたのかもしれない。

しかし、彼女はぴくりとも表情を動かさなかった。

「家事なんてハウスキーパーにでも任せておけばいいでしょう。あなたでなければならない理由は？　羽白家のためになにをしてくれるというの？」

「私は……」

「悠生は羽白家の跡継ぎです。医療に対して理解のある女性でなければ、我が家の嫁は務まりません」

「それなら心配しなくていい。彼女は元看護師だ。俺と出会ったのも医療現場だった」

ここでようやく、彼女の視線が悠生さんに移った。

「元？　今は違うということですか？」

「はい。諸事情により、今は一般企業に勤めています」

これは私から説明したほうがいいだろうと、彼の気遣いを理解したうえで口を開く。

「では、〝理解しかない〟ということですね。私は同じ医師として夫を現場で支えられますが、あなたは悠生が医療現場に立った時になにもできないと」

思いがけず放たれた言葉に〝そうくるか〟と思ってしまった。

理解が必要だとは言うが、どうやら羽白家の嫁に求められる〝理解〟は私が想像している以上に深くなければならないようだ。

医療関係者の仕事の過酷さを知っていようが、現場にいなければだめなのかもしれない。

「そんな言い方はないだろう」

悠生さんが語気を強める。

「医師を支えるのが、同じ医師や看護師だけだとでも？　病院にだって事務員はいるだろう。不規則な生活に合わせて家の管理をしてくれるだけでも充分だ。それを『なにもできない』と言うのは間違っている」

「その辺の医師にならそれでもいいでしょう。ですが、うちは違います。同じ現場で肩を並べられる女性でなければふさわしくありません」

親子の会話だとは思えないほど、彼らの間には見えない線がある。この場にいるだけで息が詰まりそうだ。

「月城さんには、もっとふさわしい相手がいるのでは？　悠生の妻にふさわしいのが、もっと優秀な人間であるのと同じように」

彼女が冷ややかな目で私を射貫く。

「私たちはどんなことがあっても、患者から逃げません。でもあなたは、背を向けて逃げたんでしょう？」

胸が締めつけられるような感覚に襲われる。私の存在を否定するために発せられた言葉は、四年前から感じ続けていた無力感を掻き立てた。

そう、私は逃げたのだ。また恐ろしいことがあったらどうしようと、まだ見ぬ誰かを救う気持ちよりも、自分の不安がやわらぐ道を選んでしまった。

心の奥底にくすぶっていたものを引きずり出され、なにも言えなくなる。彼の妻として来ているのだから、それでも自分は大丈夫だと伝えなければならないのに。

「支えたい、応援したいという気持ちだけではどうにもならないんですよ、律さん。あなたは医療知識があるだけのただの一般人。今からでも遅くありません。悠生と離婚しなさい」

「自分がなにを言っているか、わかっているのか？」

悠生さんがさらに語調を強めて母を責める。

「義理を通すために、わざわざ来たくもない家に帰ってきて妻を紹介したんだ。だというのに、離婚しろだと？　先ほどからの発言といい、どこまで彼女に失礼な真似をすれば気が済むんだ。よくそれで羽白家がどうのと偉そうに語れるな」

私を庇（かば）って守ろうとしてくれているのはわかる。だけど、彼が立ち向かう姿を前に自然と身体が震えてしまった。本来ならば頼もしく心強いはずなのに、男性的な力強さを感じて呼吸が浅くなる。

視線をわずかに下に向け、声が耳に入ってこないよう意識しながら息をする。

悠生さんは私の味方だ。そんな人を恐ろしく思うなんて、自分自身が許せない。

「離婚は、できません」

消え入りそうな声にはなったけれど、なんとか告げる。

「悠生さんは私を選んでくれました。その気持ちを無視して、私が彼のもとを離れることはできません」

そこで初めて悠生さんの父親が反応を示した。

ずっと引き結んでいた唇がゆっくりと開かれる。

「君は努力すれば必ずいい結果を得られると思っているタイプの人間だな。感情で物事を考えている。現実はそう甘くないのにな」

「それのどこが悪いんだ」

嫌な緊張を感じた私の代わりに、悠生さんが間に入って答える。

「努力には結果がついてくる。俺もそう思っている人間だ。実際、それで自衛官になっている。それとも俺が今の職に就けていることに努力は関係ないとでも？」

「羽白の名前を少しも意識されなかったと思っているのか？　ただの自衛官ならともかく、お前は医官だ。医師家系として業界で名の知れた羽白家の人間となれば、多少のひいきをしてでも身内に取り込みたくなるものだろう」

「違います」

自分の中にあるトラウマを押し込み、うつむいたまま言う。はっきりと口にしたつもりだったけれど、唇からこぼれ出たのはか細い声だった。

「悠生さんの努力を否定しないでください。たしかに、もしかしたら苗字を聞いて医師としての力を期待した人もいるかもしれません。だけど彼が今、医官として活躍できているのは彼自身の努力によるものです。それにたとえ医師家系の出身でなくても、彼は自分の夢を果たしたと思います」

隣にいる悠生さんが私へ視線を向けるのを感じたけれど、今はそちらを見られそうにない。心臓がどきどきするのは偉そうに反論したからではなく、彼の父と——男性と向き合う不安と恐怖のせいだ。

「私はたしかに医療現場から逃げた身です。だけど悠生さんは今も戦っているんです。そんな……そんな素晴らしい人の努力を、否定しないでください」

もう一度、必死に自分の気持ちを吐き出して口をつぐむ。

テーブルの下で悠生さんの手がさまよったのが見えた。私のほうに近づいてすぐ、離れていく。

「このまま彼女を傷つけて離婚しろと言うだけなら、もう帰らせてもらう。何度も言っているように、俺はこの家を継ぐつもりがない。どうして康生(こうせい)ではいけないんだ。俺の努力や能力を疑うなら、なおさらあいつを跡継ぎにすべきだろう」

「次男が後継者になるなんて外聞(がいぶん)が悪い。なにがあったんだと思われるのは必至だ」

「外聞のために俺たちの人生を決めつけるな。——帰ろう、律」

悠生さんが立ち上がるのに合わせ、私も席を立った。

話はまとまっていないし、なにも解決していないけれど、これ以上は進展がないと察して帰ることを選択したのだろう。

考え方はともかく、彼のご両親が由緒正しい家のために最善を尽くしたい意思は感じたから、うまく着地点を見つけられたらよかったのだけれど。

ただ、私がすぐにトラウマを克服できないように、この親子の深い溝は簡単には埋められなそうだ。

「今日はありがとうございました。……失礼な物言いをお許しください」

ドアを開けてくれた悠生さんに続く前に、それだけ言ってふたりに頭を下げる。

それぞれの視線を受け止めることはできなかったが、最低限の義理は果たしたかった。


帰宅途中の車の中は、なんとも言えない重い空気に包まれていた。

後部座席からバックミラー越しに見える悠生さんの表情は苦々しい。

「すまない。ある程度覚悟はしていたが、想像以上だった。嫌な思いをさせたな」

「おふたりの言うことはもっともだと思います。悠生さんへの失礼な発言はともかく、私が医療現場から逃げたのも、努力さえすればなんとかなると思っているのも間違ってはいませんから」

「逃げたくて逃げたんじゃない。そうしなければ、自分が壊れてしまうと思ったから渋々離れたんだ。違うか？」

　どうして、と言いそうになった。そこまで深い話を彼とした記憶がない。

「君は女性が倒れているのを見て、ちゃんと対処にあたっただろう。現場から逃げた人間がそんな真似をするはずがない」

　胸がいっぱいになって唇を噛む。

　そう断言できるほど、私の言動の端々から過去の現場に帰りたい気持ちが滲んでいたのだろうか。

「それでも結果だけ見たら、逃げたのと変わりませんから……」

「君が自分をどう思うかはこの際いい。だが、俺はそう考えていないことを覚えておいてくれ」

　うなずいて、悠生さんの言葉をゆっくり呑み込む。

「……そこまで言ってくれる悠生さんにさえ、まともに触れないのが悔しいです」

「それはこれから努力して解決することだ。言っただろう。俺も結果は努力によってもたらされるものだと思っている。だから悔しく思う必要はない」

「ありがとうございます。……でも、焦ってしまうんです。だってこうならなかったら、私はどこからも逃げずに済んだから」

今日まで私は、悠生さんと夫婦らしくできるように彼との距離を詰める練習をした。だけど一緒に生活をするだけでキャパシティが埋まったらしく、目に見えるほどの改善はない。

「今夜も頑張ってみたいです。お付き合いいただけますか？」

「かまわないが、それなら明日ふたりで出かけようか」

思わぬ誘いに驚いて、運転席の悠生さんを見る。

「荒療治にはなるが、夫婦らしい距離に慣れるなら、いっそ本当にそれらしい真似をすればいいんじゃないかと思ってな」

「つまり……デートをするという意味ですよね」

「ああ、そうだ」

心の中がざわわざわして、どう答えるべきかを考える。

私のために方法を提案してくれたのはうれしいけれど、果たして本当にそれでうまくいくのだろうか。

でもここで断るのは、自分のトラウマから逃げるのと変わらない気がする。

「どう思う？」

信号に捕まった車が止まり、悠生さんがバックミラーに映った私へ真剣な眼差しを向けてきた。その瞳に映る自分を見て、胸がまたざわりとする。

「してみたい、です」

やっとの思いで口にすると、不思議と気持ちが軽くなる。

この結婚は悠生さんのためでもあるけれど、私自身が変わるためでもある。だったら、後悔がないようにしたい。

「行きたい場所は？　やりたいことがあるなら君が決めていい。思いつかないなら俺が考えてみよう。月並みなデートしか思いつかないと思うが、それでもいいなら」

その後はふたりでデートについて話した。お互いにこれといってやりたいことはなかったけれど、計画を立てているだけでもなんだか楽しい。

やっぱり彼はほかの人と違うな、と改めて思った。密室でふたりきりなのに、長く話していても、まったく苦に感じない。それどころかもっと話していたいとさえ思う。

ただ話すだけでなく、彼のことも知りたいと思った。

だけど私は、彼との距離を縮められないのだ。

だからそれを改善させるべく、この好意が無意識の恐怖に塗りつぶされないよう、明日は頑張ろうと心に誓った。

3特別な日

翌朝、私はデートに備えて鏡の前で自分を見つめていた。

薄い色のピンクのワンピースを選び、メイクもそれに合わせて軽いものにしている。

普段の自分はもう少し落ち着いたメイクや服装だから、少し浮かれているように見えた。

自分で思っているよりも、デートを楽しみにしているのかもしれない。あるいは、そこで変化するはずだと信じている自分自身への期待だろうか。

同時に、不安もある。自分のことばかりで、彼を楽しませることができるのかわからない。

結局、デートプランは悠生さんに考えてもらっていた。

本人は月並みなデートしか思いつかないと言っていたけれど、私には充分すぎる。

大切なのはどこへ行くかではなく、誰と行くかなのかもしれないと思った。

今日のデートが、私にとって特別な日になりますように。

そう心の中で祈りながら、悠生さんと一緒に家を出た。

家で軽く朝食を済ませた後、最初に向かったのはおしゃれなカフェだ。

最近オープンしたばかりで、もとは海外で人気の店舗らしい。

悠生さんがデートの計画を立てていた時、たまたまテレビでやっていたのを見てここに決めたと言っていた。

店内は香ばしいコーヒーの香りに包まれていた。大きな窓からはやわらかい日差しが差し込み、店内の雰囲気を明るいものにしている。

私は悠生さんと向かい合ってテーブルに座り、胸の高鳴りを覚えながらメニューに視線を落とした。

男性客は多いが、関わるわけではないならそれほど問題はない。

自分に対してなんらかの行動を起こしてくる相手がだめ、というのは、そもそもトラウマの原因となった行為のせいなのだろう。欲にまみれたギラついた目を思い出すと今でも恐ろしい。

「これがおすすめらしい」

悠生さんがメニューの端にあるチーズケーキを指で示す。

「あ、私もＳＮＳで見ました。チーズケーキが好きなら絶対食べるべきだって」

「へえ、そんなにか。だったら俺はこれにしよう。君も食べるか？」

「はい、飲み物はアメリカンで」

「わかった。――すみません」

悠生さんが軽く手を挙げて店員に声をかける。

かわいらしい制服に身を包んだ若い女性店員は、声のしたほうを振り返って少し目を見開いた。

注文を取った後、なにやら興奮した様子でほかの店員に話しかけるところを見てしまう。

「俺のような男が来るには向かない店だったかな」

彼もそれに気づいているのか、苦笑しながら言った。

「違うと思います。……かっこいいから、驚いてるんです」

「かっこいい？　怖いと言われたことなら何度もあるが」

本気で自覚がないようで、内心あきれる。

自分がどれほど恵まれた容姿なのか知らないというのは、恐ろしいことだ。

彼の魅力が見た目だけだとはもちろん思わないけれど、その長身と相まって非常に惹かれる外見なのは間違いない。

「怖い、なんていったい誰に？」

「同僚たちだ。小児科の医師にだけは絶対になるなと言われた」

真顔で言われてつい笑ってしまう。

たしかに彼は笑顔が少ないし、言葉数も多いとは言えない。子どもからすればかなり大きい人なのもあり、怖いと思われても仕方がなさそうだ。

「人には向き不向きがあると言いますし、気にしなくても大丈夫だと思いますよ。本当は優しい人だというのはよくわかっていますから」

「つまり君も、俺に小児科は向かないと思っているんだな。そんなに怖いのか、この顔は」

苦笑交じりに言い、悠生さんが自分の口もとを揉んで口角を強引に引き上げる。

残念ながら顔の上半分が笑っていないせいで、ひどくぎこちない笑みになった。それがまたおもしろくてくすくす笑う。

「君を笑わせられたならいいか」

「ごめんなさい。真面目な顔で言うからおもしろくて」

「俺もそんなふうに笑えたら、怖がられずに済んだだろうに」

そんな話をしているうちに、先ほどの店員が飲み物とケーキを持ってやってくる。

こっそり盗み見てしまったけれど、やはり彼女は悠生さんに魅力を感じているようだ。その証拠に、ケーキや飲み物をテーブルに置いている間、ずっと悠生さんを見ていた。

店員が名残惜しそうに立ち去った後、さっそく話題のチーズケーキを口に運ぶ。

「ん、おいしいですね……！」

「いい顔だ。よっぽどうまいんだな」

さっきはぎこちなく笑っていたのに、悠生さんは自然な笑みを浮かべていた。

私を見つめる眼差しが優しすぎて、急に落ち着かない気持ちになる。

まるで本当に夫婦として過ごしているかのようだ。私に向けられた視線があまりにも甘くて、チーズケーキの味がわからなくなる。

悠生さんに見つめられてどきどきしてしまうのは、もしかして男性恐怖症の症状のひとつだろうか？

ほかの男性に対してはもっと強い不安を覚えたけれど、悠生さんは特別だから、同じ〝怖い〟という感情にも違いがあるとか？

考えてみるけれど、愛おしいものでも見るかのような眼差しに対して、恐怖や不安は少しも感じない。胸の奥がどきどきして、もどかしく疼くばかりだ。

まだデートは始まったばかりなのに、さっきから悠生さんのことばかり考えている。

自分らしくないように感じて小さな焦りを覚え、わざと違うことを考えてみた。

たとえばデートとは、なにをするものなのか。

少なくとも無言でケーキを食べる場ではないだろう。

「悠生さんは普段、どういうことをして過ごすんですか？」

「え？」

いきなり話を振ったからか、悠生さんが驚いたように聞き返してくる。

「あまり私生活を想像できなくて。……一緒に生活しているのに尋ねるのもおかしな話ですが」

彼は私を気遣い、こちらからお願いした時以外は基本的に距離を取って過ごす。私が部屋にいる時はリビングに、リビングにいる時は自室へといったふうに、極力同じ空間にいないように気をつけてくれていた。

「医学書や論文を見ることが多いな。特に、最新の論文には必ず目を通すようにしている。って言っても、普通の本も読むぞ。ミステリーだったり、サスペンスだったり。病院や医師のネタだと、ついつい細かいところが気になるのが難点だが」

「わかります。医療ドラマもそうですよね」

うなずくと、悠生さんが続けた。

「ドラマや映画を見ることも多いな。特に海外ドラマはおもしろくて好きだ。君は？」

「私もよく本を読みます。今はタブレットで読めるので便利ですよね。読み放題のサブスクに入っているので、自己啓発本なんかも読んだりします。紙の本を買うほど興味があるわけじゃないけど、手軽に読めるなら読んでみようかなと」

チーズケーキを口に運ぶと、さわやかな酸味とともに舌にミルキーな甘さがまとわりつく。濃厚なまろやかさが口を満たした後で苦いコーヒーを流し込むと、多幸感に包まれた。

意識の矛先を変える作戦は成功したようだ。ほっと安心してチーズケーキの味わいに浸る。

「自分をもっと成長させたいなという気持ちがあって。どういう考え方や行動をすればいいのか、いろいろ参考にしてみているんです」

「真面目だな。なにか参考になりそうなものはあったか？」

「なるべくマイナスをプラスに考える、でしょうか。たとえばこのチーズケーキ、話題通りのおいしいものだと思いましたか？　それとも話題になった割には普通だと思いました？」

「前者だな。たしかに話題になるだけのことはあると思った」

「これって後者にもなりうる感想だと思うんです。おいしいけど話題になるほどかな、のような。味のことなのでちょっと喩えが悪かったかもしれませんが、つまりそういうことなんです。前者で考えたほうが、毎日がちょっぴり幸せになれます」

「いい考え方だ。俺も参考にさせてもらおう」

そう言ってから、悠生さんがアイスコーヒーを飲む。

「だから君はポジティブなのか」

「そう見えますか？」

「少なくともいろいろ抱えているにしては前向きに感じる。明るくて強い人だな、と」

「それで悠生さんに嫌な思いをさせていないならよかったです」

自分ではそんなふうに思わないが、彼にそう見えているならいい。頑張っている自分を認められている気がしてうれしかった。

カフェの心地よい空気のおかげか、それともおいしいチーズケーキのおかげか、私たちの会話は自然と弾んだ。お互いの好きなものや趣味、日常の小さな出来事を共有し、少しずつ理解を深めていく。

私が彼に抱いていた印象は大きく変わらなかった。真面目で優しく、正義感と責任感の強い人だ。そして堅実な人でもある。

「今日、デートに来て正解でした。これからもいろんな場所に行ってみたいです」

「まだ始まったばかりだ。点数をつけるには早すぎる」

悠生さんはそう言うけれど、今楽しいならこの後も楽しいに決まっている。

「私は加点方式なんです。後はずっと点数が増えていくだけですよ」

「そこもポジティブな考え方が影響してくるわけだ」

言われてみればそうだと、自然と口もとに笑みが浮かぶ。私が笑ったのにつられたのか、悠生さんも微笑したのを見て少し胸が高鳴った。


カフェを出ると、気持ちのいい風が頬を撫でていった。昼下がりの穏やかな日差しに心が弾む。

悠生さんと並んで歩き出すと、そのまま近場の公園に向かった。

歩道から一歩踏み込むと、広い芝生が広がっている。色とりどりの花が咲き誇る花壇には、蝶が楽しげに舞っていた。漂ってくる甘い香りは、きっとその花々のものだろう。

公園の中心には大きな噴水があり、水が陽の光に照らされながらきらきらと噴き上っている。その周囲には子どもたちが駆け回っており、水しぶきが上がるたびに賑やかな笑い声が響いた。無邪気な姿に思わず笑みが浮かぶ。

「写真で見たよりもいい場所だな」

優先さんが眩しげに目を細めて周囲を見回した。

「写真はもっと違う感じでした？」

「ああ。こんなに人の姿はなかった」

彼が言うほど人の数が多いわけではないけれど、言いたいことはわかる。

インターネット上で見る写真は景観を映したものばかりで、公園の賑わいまで感じられるものではなかったのだろう。

「素敵な場所ですね。なんだかほっとします」

「どこへ行くか悩んだ甲斐があったな。気に入ってもらえて安心した」

心なしか、悠生さんのまとう雰囲気もやわらかい。

たしかに表情はいつも通り生真面目で、これといった感情が読み取れるものではないが、今の彼なら小児科にいても問題なさそうだ。

「あっ。これ、好きな花です」

花壇の一角に咲いたバーベナを指して言う。ピンクや白、紫や赤まで咲いていて実に鮮やかだ。

「いい匂いなんですよ。使っているヘアオイルがこの匂いで」

「君とあの家に住むようになってから、洗面所からいい香りがするようになった。あの香りか」

　思わずその言葉にどきりとしてしまった。彼の口から、そんなふうに生活の変化を告げられたのはたぶん初めてだ。私がいる、以外にそう意識させるものがあったなんて気づかなかった。

「俺もあの香りは好きだ。花はこんな形なんだな」

「白が一番好きなんです。悠生さんは？　好きな花とか……」

「そうだな……バラは見ていて美しいと感じる。咲き誇った姿が力強いからかもしれない。それでいうとユリなんかもそうだな。あれは少し上品すぎる気もするが」

「上品な花は、あまり？」

「上品なものというか、格式ばったものは気疲れする。だから美術館や高級ホテルに行くと落ち着かない」

　そういう場所には慣れていそうなのに、と少し意外な気持ちになった。同時に、彼の人間らしい一面を知って親近感を抱く。

「悠生さんにも苦手なものがあるんですね」

「当然だ。子どもの頃は血が苦手だった」

「えっ、なのに医官に……？」

「血が出ないようにすればいいというのが、医師になってもいいかと思った最初のきっかけだな」

たしかに医師として治療をすれば、患者は必要以上の血を流さずに済む。

その理屈はわかるが、なにかズレているような気がした。幼い頃の悠生さんを想像し、その無邪気さを微笑ましく思う。

「今はもう慣れた。さすがにな」

「もし慣れなかったら、どうしていたんですか？」

「……どうしていたんだろうな。正直に言うと、医療の道に進まなかった自分を想像できない。そういう家庭だったというのもあるが、ほかのことに夢を持つ自分がいるとは思えなくてな」

さらに歩いていくと、広い花壇が見える位置に置かれたベンチに気づいた。

いつの間にか長く歩いていたのもあり、悠生さんと並んで座る。

彼は私との間に、大人ひとり分の距離を空けてくれた。座ってから、そのくらいの距離ならなんとも思わないことに安堵する。

「医官にならずに医師になって家を継いでいたら、両親の言葉に従って政略結婚も受け入れていたかもしれない」

「政略結婚でもかまわないんですね」

「そうだな。前にも言ったように恋愛に興味がないから。こういうところは両親に似たんだろう」

「そうなんですか？」

「あのふたりも政略結婚なんだ。お互いにメリットを感じて結婚し、俺と弟の康生を作った」

作ったという言い方に、彼がご両親をどう思っているのか感じられる気がして胸が痛い。

「愛があるとは思えないが、情はあるように思う。なんだかんだいって相性のいい夫婦なんだろう。遅くまで論文の内容を語り合っている時もあったし」

「語り合える関係なら、それはもう愛し合っているように思えますが……」

「わからない。そもそも愛とはなんだろうな。生き物を解剖しても、それが存在することを証明する部位はないだろう」

微妙に物騒な言い方だが、理解はできる。

「心臓にあるのかと思っていました。胸がどきどきするって言うでしょう？」

「あれは好意を抱いた相手を意識することによる興奮からくるものだ。心臓の鼓動を強く感じたり、胸が苦しくなったりすることを愛と呼ぶなら、高所で震えた時や不安を感じている時にも愛が発生していることになる」

「たしかに解明が難しいかもしれませんね。私もこれが愛だと思う、という参考例を出せない気がします」

思っていたよりも、悠生さんは現実的な考え方をするようだ。感情で物事を考えるかどうかを話していた彼の父も、きっとこうなのではないだろうかと思う。

「君は、将来どんな家庭を持ちたいと思っているんだ？」

不意に尋ねられ、悠生さんのほうを向く。仮にも夫婦関係にある相手にこう聞かれるのは奇妙だった。

「幸せな家庭ですかね。曖昧（あいまい）な言い方になってしまいますが」

「君にとっての幸せとは？」

その詰め方は母親に似ている、と思ってしまった。

それを言って彼が喜ぶとは思えないから、ご両親に似ていると感じたことは黙っておく。

「うれしい時もつらい時も、分かち合って乗り越える関係は素敵ですよね。そんな人と……手を繋げること、でしょうか」

一緒にいることではなく、もっと深い本音がこぼれ出た。

「好きだと思える人に触れられたら、それだけで幸せになれると思いますよ」

「……そうか。君がそんな相手に出会えたらいいんだが」

「悠生さんはどんな家庭を持ちたいですか？」

この関係はいつか終わるものだから、私だけでなく彼にも未来がある。それを思って質問すると、悠生さんは真面目な顔をして考え込んだ。

「お互いを理解できる関係を築きたい。夫婦だけでなく、親子でもだ。……俺にとっての反面教師は実家だろう。ああならなければそれでいい。あの家で育った俺に可能かはわからないが……」

深い部分に触れた気がして一瞬口をつぐむ。

平然としているし、きっと本人も傷ついているわけではないのだろうけれど、彼にとってあの実家での生活は反面教師と言えるほど苦いものだったのだ。

「大丈夫です。だって悠生さんはご両親じゃありませんから。違う家庭を築けますよ」

「やっぱりいいな、君のポジティブさは。……ありがとう」

悠生さんが口を閉ざすと、私も会話のとっかかりを見失ってしまった。

不思議と沈黙に焦りを感じなくて、風が吹き抜ける静かな時間を味わう。

遠くから子どもの笑い声が聞こえていた。花の甘い香りも、公園へ来た時に感じたものと変わらない。

だけどこのひと時は、私を少しだけ変えてくれた気がする。悠生さんについて、また理解を深められたからかもしれない。

やがて、悠生さんが立ち上がった。

「予定を変更してもいいか？　連れていきたい場所がある」

「いいですね。予定通りにいかないのは外出の醍醐味だと思います」

私も立ち上がると、ふっと彼が笑った。

「悪いな。じゃあ、行こう」

私より一歩前を悠生さんが歩く。

なにげなくその手を見て、デートなのに手のひとつも繋げないんだなと少し残念な気持ちが芽生えた。


彼が連れてきてくれたのは、小さな古い神社だった。

静かな境内に立ち入ると、悠生さんが懐かしそうに辺りを見回す。穏やかな風が木々を揺らし、鳥のさえずりが響く中、彼は私を振り返った。

「ここは思い出の場所なんだ。恩師がよく連れてきてくれた。……もう彼は亡くなってしまったが、それでもときどき来たくなる。初心を忘れないために」

よほど悠生さんにとって影響のある人だったのだろう。懐かしむと同時に、失ったことを悼む気持ちが伝わってきて、私まで切なくなった。

「なぜ医官になろうと思ったか、まだ話していなかったな」

「恩師の方のご紹介で、現役の医官にお会いしたからとしか」

自分の知らない世界を知った、と彼は言っていた。それがどんな世界だったかについては聞いていない。

「災害派遣での話を聞かせてくれたんだ。避難所での医療支援や、怪我人との触れ合い方について。医療チームがどんなふうに動くのかも教えてもらった。どれほどの緊張と責任を感じながら行動しているかについても」

誰もいない静かな境内で、悠生さんの声は穏やかに響いた。

「彼の話は、俺に命を預かる仕事の重さを教えてくれた。病院では患者が自分から助けを求めてやってくる。だが、災害派遣では違う。こちらから助けに行くんだ。ひとりでも多くの命を救うために。……衝撃的だった」

医師の家に生まれた悠生さんは、病院での医師としてのあり方や現場の動きについては詳しかったのだろう。

彼のご両親なら聞かれれば話したはずだ。医師家系の後継者として完璧な息子に育てるために。

だけどだからこそ、悠生さんにとって自衛隊医官の話が響いたに違いない。

自分が当然のように思っていた世界とは違う世界があることを、そこで初めて突きつけられたのだから。

「六年前、マレーシアで大規模な地震があったのを覚えているか？」

「はい。当時、ニュースになっていましたよね。寄付もたくさん募っていて」

当時、看護師の卵として学びの途中だった二十一歳の私は、あの地震の凄惨な光景をニュースで見て、海外での支援活動ができないものかと考えた。

そして、その二年後に悠生さんと出会ったのだ。

「俺も医官として派遣された。……怪我人も病人も、数え切れないほど見た。限られた物資の中、最善を尽くさなければならない状況で精神的にやられる奴も多かった」

重い口調から、どれほど大変な現場だったのかを想像する。

「もう少し俺に力があれば、救えた命があったかもしれない。今でもときどき夢に見る。助けられた人もいるのに、思い出すのはそうでなかった人たちのことばかりだ」

当時の自分の無力さを噛みしめているのか、悠生さんが自分の手のひらを見下ろした。

私よりずっとたくましく大きな人なのに、今は小さく見える。つらい現場は彼の心にも無数の傷を残しているのだと、痛ましい表情から感じ取った。

「悠生さんは救った人だけじゃなくて、救えなかった人の命も背負って生きているんですね」

無性に彼を抱きしめたくなった。だけど、そのための一歩を踏み出せない。

「だから苦しい過去を振り返っても、そこに囚われずに前に進めるんだと思います。誰にでもできることじゃありません」

私はできなかった。苦しい過去から逃れるために、前へ進むことをやめて逃げてしまった。

「俺でなければ救えたかもしれない命があったかもしれない。それでも俺は、このまま自分の道を進んでいいと思うか？」

「はい」

深くうなずいて、悠生さんの問いに答える。

「悠生さんだからこそ救えた命もあるはずですから」

悠生さんは私を見つめたまま、しばらく黙っていた。

「やっぱり君の前向きな考え方はいいな」

長い沈黙の後、彼が静かに言う。

「両親の言う通りに病院を継ぐほうが正しいんじゃないかと、たまに考える。自分の信じる道を進んでいいんだと思うのに、ふとした瞬間に頭をよぎるんだ。君に背中を押させてしまったようなものだな」

「私の言葉で前を向けるなら、何度だって言います」

この人はずっと、自分だけを必死に信じて生きてきたのかもしれないと思った。ご両親に否定され、恩師を亡くしても、苦しむ人々を救いたいという一心で。

そんな彼が弱みを見せてくれたことに、胸がいっぱいになる。

「ありがとう」

悠生さんはそう言って、微(かす)かに身じろぎをした。

そして私から目を逸らし、自分の手を見下ろして苦笑する。

感謝はされたものの、少しだけ不安が残る。

私の言葉で前を向けたとしても、根本的な問題が解決したわけではない。彼のご両親は息子の道を否定し続けるだろう。それがこれからも続くなら、また苦しむ時が来るかもしれない。

きちんとその部分も解消したいな、と思った。

なんの心配も不安もなく、自分の道を進んでいけるならそれが一番だ。そのために私にはなにができるか、改めて考えたくなった。

その後は洋服や小物を買い、レストランで夕食をとった。

空が暗くなり夜が深まると、悠生さんはデートの締めくくりとして展望台へ連れてきてくれた。

地上六十階から見える街の景色は、まるで宝石箱をひっくり返したかのように美しい。

星明かりは夜景の輝きにかき消されているけれど、やわらかな月の光は負けることなくきらめいている。幻想的な光の芸術作品を見ているかのようだった。

「夜景ってこんなにきれいなんですね。私もさっきまで、あの光の中にいたんだと思うと不思議な気持ちになります」

「デートに夜景、なんてベタすぎるかとも思ったんだが。気に入ってくれたならよかった」

「ベタなんて、全然――」

言いながら振り返ると、悠生さんの手に小さな箱が握られていた。

私がそれに気づいたのがわかったのか、彼は少し困ったように眉を下げて言う。

「プレゼントも用意したんだが、受け取ってくれるか？」

「どうしてプレゼントなんて……」

「デートというのはそういうものなのかと。なにもないというのも寂しい気がしたしな」

ふたりで出かけるだけでも充分だったのに、相変わらず律儀な人だ。

だけど、これが悠生さんのいいところだと思う。

「理由が必要なら、今日まで妻としてうまくやってくれているお礼、でどうだろう。先日の両親の態度のお詫びだと、少し嫌な感じがするし」

「……理由なんて必要ありませんよ。その気持ちがうれしいです。でも、いつ用意したんですか？」

「昨日の夜、デートの話をした後に外へ出かけただろう。その時だ」

昨夜、たしかに悠生さんは外出をした。

特に行き先は告げられなかったが、あれこれと質問することでもないだろうと気にせずにいたのだけれど。

悠生さんは手のひらを広げ、その上に小箱を置いた。

私が自分から受け取れるようにしてくれたのだろう。このやり方なら、うっかり触れてしまっても怖くならずに済む。

小箱を受け取りながら、今日一日彼と過ごした今なら、触れても大丈夫なんじゃないかという期待を抱いた。

ただの契約夫婦と呼ぶには温かで優しい一日だったし、彼について知ったことも多く、心の距離は間違いなく近づいていたから。

「ありがとうございます。大事にします。……開けてもいいですか？」

「ああ。気に入ればいいんだが」

いったいどんなプレゼントなのだろうと、心地よい緊張を覚えながらゆっくりと蓋を開けてみる。中に閉じ込められていたのはブレスレットだった。

シルバーのチェーンが編み込まれたデザインで、乳白色の丸い石があしらわれている。月の光を宿したような宝石は美しく、かわいらしい。

悠生さんが私のために選んでくれたものだと思うと、胸の奥が温かくなった。

自分でブレスレットをつけようとするが、夜なのもあって留め具がよく見えず、うまくつけられない。苦戦する私を見かねて、悠生さんが一歩踏み込んだ。

「……つけようか？」

そのひと言には私を気遣う響きがあった。自分が触れても大丈夫だろうかと思っている気配を感じ、少しだけ勇気を出して彼に腕を差し出してみる。

「お願いします」

大丈夫だと思いたかった。

このくらいなら平気なはずだと言い聞かせながら、彼の手がためらいがちに近づいてくるのをじっと見つめる。

ブレスレットに触れる直前、悠生さんは私を見た。

その瞳があまりにも真剣だったからか、これがただブレスレットをつけるだけの行為に思えなくなる。もっと特別な瞬間に思えて、緊張とは違う胸の高鳴りを覚えた。

「嫌だと思ったらすぐに言ってくれ」

そう言って、悠生さんは慎重に、そして壊れ物を扱うように私の手を取った。

触れた場所が熱くて、彼の緊張が伝わってくる。そのぬくもりを意識すると、男性に対する恐怖心が不思議と薄れた。

まず最初に、『触れても問題ないか？』と確認してくれるところに彼の優しさを感じた。

だから思っていたよりもずっとリラックスしていられる。

悠生さんが留め具を外し、私の手首にチェーンを合わせると、ちゃり、と金属がこすれる音がした。

なんだかくすぐったく思えて、そわそわした気持ちになる。

「これで大丈夫か？」

ブレスレットをつけた後、悠生さんがすぐに私から手を放した。

それを名残惜しく思った自分に少し動揺する。

「はい、ありがとうございました」

「……平気そうだな。それとも無理をしているだけか？」

「無理はしていません。今日一日一緒に過ごして、もしかしたら大丈夫かなと思ったんです。本当に大丈夫でした」

心臓はどきどきしているけれど。そう心の中で付け加える。

軽く手首を振ってブレスレットのチェーンを鳴らすと、悠生さんの表情がやっとやわらいだ。

その顔を見た瞬間、とくんと今までとは違う音が胸の奥で鳴った。彼の思いやりや優しさがブレスレットを通じ、私の中で新しい想いを生み出したかのように。


楽しい一日も終わり、悠生さんが運転する車で帰宅する。物足りないような、それでいて充分すぎる収穫があったような、満たされていないのに満たされている不思議な気分だった。

車を停めると、悠生さんはすぐに降りて後部座席までやってきた。

私より先にドアを開けてエスコートしてくれる姿には以前から驚きを感じていたが、本人は特別意識してやっているように見えない。

生まれ育ちのいい人だから、こういうエスコートをするのがマナーだと身についているのかもしれなかった。

それでいて、彼は私のために距離を取ってくれる。

今回もそうしてくれたのだけれど、車を出ようとした瞬間、靴が引っかかった。

「あっ」

身体が前に傾き、衝撃に備えてぎゅっと目を閉じる。

だけど、その前に私の身体を温かいものが包み込んだ。

「大丈夫か？」

今まで聞いたことがない距離で悠生さんの声が響いた。一気に鼓動が速くなるのを感じながら顔を上げると、すぐ目の前に悠生さんの顔がある。

抱き留められたのだと気づいた瞬間、一気に顔が熱くなった。

一拍置いて、それ以上の反応がない自分自身に驚く。

「ご……ごめんなさい。ありがとうございます」

「俺のほうこそ、すまな――」

「ま、待って」

離れようとした悠生さんの身体を引き留め、胸もとを掴む。

「やっぱり怖くない……。触られても平気みたいです！」

「本当か？」

悠生さんに答える前に、その広い胸を触ってみる。

自分に触れている時とまったく変わらない感覚だ。うれしくなってたくましい腕に触れ、肩を触り、悠生さんの手を取ってみる。

彼のぬくもりは私を怖がらせるどころか、むしろ恐怖や不安を取り除いてくれるように感じた。心が軽くなると同時に、喜びと興奮で胸が高鳴る。

　手を握り、指を絡め、手のひらを重ねて悠生さんの温かさを感じ取る。

　彼は言葉や思いやりから感じられるように、温かい人のようだ。私よりも少し体温が高いと気づき、その事実にまたどきどきする。

「見てください。ほら、こんなに触れます」

「それはわかるんだが……」

　戸惑いを含んだ声にはっと顔を上げると、悠生さんが視線をさまよわせていた。それに緊張を感じ、触れていた手をそっとどける。

「すみません。嫌でしたか……？」

　触れてもいいか、と聞かずに撫で回してしまった。悠生さんが困った顔をするのも当然だ。

「いや、そんなことは……。驚いただけだ」

「うれしくてつい……。後でもう一度、ちゃんと触ってもいいでしょうか」

「……家で？」

「はい。寝る前の時間を少しだけください。今だけなのか、ずっと大丈夫なのか知りたいんです」

悠生さんは信じられないものを見るような表情で私を見た後、まばたきをしてから浅くうなずいた。

「この結婚は、君の男性恐怖症の改善が目的だ。……好きにしていい」

「ありがとうございます！」

感謝の言葉が自然と口をついて出てくる。

まだ悠生さんの顔に戸惑いはあったけれど、本人がいいと言ってくれるなら大丈夫だと思いたい。

彼は気遣う人だけれど、自分の気持ちをちゃんと言語化する人だとも思っている。嫌だと思うならそう言ってくれるはずだ。

◇　◇　◇

「じゃあ、よろしくお願いします」

律が真面目な顔で言うが、俺の内心は穏やかではなかった。

たしかにこの結婚は律の男性への恐怖を改善させるためのものでもある。だから彼女がその解消のために触れてくるのも、なにも問題はない。

実際、結婚したばかりの頃、彼女は外で妻を演じる時に違和感がないようにとの意味も込めて俺との距離を縮めようとした。

残念ながら、本人のやる気ほど気持ちはついてこなかったようだが、俺も彼女が目的を果たせるように協力しようと前向きだった。

だが、今日はなんとなく避けたい。

それはたぶん、デートをして彼女に対する新しい感情の芽生えに気づいたからだ。

朝の時点で、俺は律を少しだけ意識していた。

いつもと違う雰囲気の彼女はどこか楽しそうで、急に決まったデートに対する期待を強く感じた。

その笑顔が曇らないよう、さらに両親とのやり取りで嫌な思いをさせた分、彼女を楽しませたいと張り切ったのを覚えている。

カフェでなにげない話をしながら、チーズケーキを口に運ぶ彼女にはつい目を奪われた。おいしい、楽しい、うれしい、といった感情を全部表情に出す姿を素直にかわいらしいと思ったからだ。

小児科医にはなるなと言われたという話をした時、堪えきれなかった様子でくすくす笑うところも胸の内がくすぐったくなった。

彼女の声は以前からこんなに心地よかっただろうかと思ったせいで、会話をしなければと思うのに、ついつい聞いてばかりになってしまった。

一挙一動を目で追っていると、普段自衛官として保っている冷静さが消えそうになった。

律がなにかに目を奪われるたびに、そのなにかに対して落ち着かない気持ちになったことは言えない。

つらい経験を多くしてきただろうに、それでも前を向く彼女が眩しかった。

いつの間にか厳しい環境に慣れて凍りついていた俺の心を溶かすようで、ひと言ひと言が胸に沁みた。

だから俺は、彼女に弱みを見せてしまったのだと思う。

そしてその瞬間、自分が受け止めてくれる存在を探していたのかもしれないとも思った。

ポジティブな考え方は俺に新しい視点を与えてくれて、違う世界を見せてくれる。

その不思議な感覚は、初めて自衛隊医官の話を聞いた時に感じた衝撃とよく似ていた。

ただ、律に対する感情のほうがもっと温かい。

展望台でブレスレットをつけてほしいと言われた時、触れても大丈夫なのかと不安が強くなった。俺は彼女を気遣うより先に、もし触れた時に拒まれたらという思いが立ったのだ。そんな自分を強く恥じながら初めて距離を詰めた時、もしかしたら俺は彼女よりも緊張していたかもしれない。

そこまでの距離を許してくれただけでもうれしかったのに、問題はその後だ。

車から降りる際に転んだ律を咄嗟に受け止めてしまい、すぐに離れようとした。

いきなり男に抱きしめられるなんて、彼女のトラウマをまた引き起こす要因としては充分すぎる。

それなのに彼女は俺を突き放すどころか、うれしそうに触ってきた。それどころか、改めてきちんと触らせてほしいと許可まで取って……。

その結果、今こうして風呂上がりの彼女と向かい合っているわけだが、少なくとも胸だけは触られたくない。どれほど俺の心臓が緊張と動揺で忙しなく動いているか、知られたくなかった。

律がそっと俺の手に触れる。その瞬間、心臓が大きく跳ねた。

「うん、やっぱり平気みたいです。今のところは……」

つぶやくように言われるが、あまり耳に入ってこない。

律の温かな手のひらが俺の手をなぞり、手首を握ってから腕の内側を伝う。腕の太さをたしかめるようにぎゅっと握られ、そのまま肩を撫でられた。

もう少し違う触り方をしてくれないか、と言いたいが、だったらどんな触り方が正解なのか聞かれても困る。

遠慮があるのかないのかわからない触れ方は、俺をひたすら緊張させた。

彼女の手はこんなに小さかったのか。こんなに温かかったのか。触感で味を感じるはずなどないのに、なぜだか触れられた箇所が全部甘いように思える。

「やっぱり普段から鍛えているんですか？」

「あ、ああ」

「どうりで……」

しみじみと言う律が胸をそっとつついてくる。胸板の厚さをたしかめているらしいが、これを意識するなというのはあまりにも難しい。

彼女のトラウマの原因は、下卑（げび）た欲を心ない男に向けられたからだ。俺がここで妙に意識していると知ったら、信頼を裏切ることになる。それどころか、信頼していた男にそんな目で見られていたと知って、トラウマがさらに悪化する可能性がある。

「……っふ」

律の指が胸から腹筋に滑った瞬間、くすぐったくて笑ってしまった。

はっとしたように顔を上げた律が、俺を見上げて目を丸くする。

「いや、大丈夫だ。続けてくれ」

不安げな顔の律に告げるも、彼女は手を引っ込めようとした。

「遠慮しなくていい。くすぐったかっただけだ」

「だったらなおさら、触らないほうがいいんじゃ……？」

「別に嫌なわけじゃない。だめだったらだめだと言うから好きなように触ってくれ」

ただし、あまり俺に細い指や小さな手のぬくもりを意識させないように──。

続けようとした言葉は呑み込んで、大丈夫だと示すように律に向かってうなずく。

しばらく自分の手と俺を見比べていた律だったが、〝男の身体に触っても平気らしい〟という喜びをもう少し味わいたかったようだ。再び、おそるおそる俺の身体に手を伸ばしてきた。

俺も彼女に触れてみたいと無意識に思ってしまい、自分自身に動揺する。

今日、何度か彼女に触れたいと思った瞬間があった。手を握ってみたい、抱きしめてみたいと思った欲求が再びじわりと湧き上がってくる。

「俺から触れてみてもいいか？」

これは下心からくる提案ではないと心の中で言い聞かせ、慎重に尋ねる。

律は少し悩んだ様子を見せてからうなずき、俺の前に自分の手を差し出してきた。

「ちょっと緊張しますね。もしかして、さっきまで同じように緊張していましたか?」

「そうだな。どんな顔をすればいいかわからなかった。気持ちを理解してもらえたようでうれしいよ」

冗談めかして言うと、律の肩から少し力が抜けたのがわかった。

これなら大丈夫だろうかと、差し出された手をそっと握る。

小さな手だ。指が細くて美しい。手首には俺がプレゼントしたブレスレットがついたままで、彼女が動くたびにチェーンがこすれて音を立てた。

無防備にさらけ出された手を見て、彼女がこんなふうに許すのは俺だけなのだと理解してしまった。

言葉にできない感情が込み上げるが、それを抑え込んで指先で律の手のひらに触れる。

「あっ」

律が小さく声を上げて手を引っ込めた。

そして困惑した表情で自分の手と俺を交互に見る。

「触られるのはだめだったか」

「そうなのかもしれません……。私から触るのは大丈夫みたいなんですが……」

差し出された手を握った時は平気だったように見えたから、触り方の問題もあるのかもしれない。

ただ、どれがよくてどれがだめなのか判断はつかない。

「だったら、もっと君が慣れるまでおとなしくすることにしよう」

こちらからなにもできないというのは実にもどかしいが、彼女にとってそれが最善なら付き合うまでだ。

「ありがとうございます」

ほっとしたように言うと、律は身体ごとこちらに近づいてきた。

そして俺の隣に座り、肩を触れさせるほどの距離まで詰めてから小さく息を吐く。

「隣に座るのも大丈夫そうです」

「この距離が平気なら、車も次からは助手席で大丈夫そうだな」

「はい。よかったです」

男性恐怖症が俺の存在によって改善してくれるなら、こんなにうれしいことはない。

できる限り協力したいし、彼女には幸せになってほしいとも思う。

だが、心からそう思う人だからこそより強く意識してしまう。

そんなふうに思うほど彼女は特別な人なんじゃないか、と。

罪悪感を抱きながらも彼女との距離に胸を騒がせ、いったいいつから自分はこんなに落ち着きのない人間になったのかと考えた。

4　一歩進んで二歩下がる

デートの日以来、私のトラウマはほんの少しだけ改善した。少しといっても、今までがゼロどころかマイナスだったのに比べたら大きな進歩だ。

まず、男性との距離が縮まってもそこまで緊張しなくなった。

通勤の際、女性専用車両を使わなくても平気になったのが一番大きな変化だろうか。さすがに身体が触れ合うほどの距離になると目の前が真っ白になってしまうが、ある程度の距離があれば、多少身体が強張る程度で済むようになった。

会社にいる男性社員と接する時も、以前ほど避けたいと思わなくなっている。おかげで仕事への不安が薄れた。

悠生さん以外との距離も詰められるようにはなったが、肩が触れ合うほどの距離まで許せるのは彼だけだ。偶然広げた腕が当たるくらいまでの距離が限界である。

そして悠生さんだけなら、自分から触れるようになった。

彼に触れられると、これまで感じたことのない緊張感が走るため、あくまで私からだけなのがもどかしい。

ときどき自分の変化をたしかめたくて彼の手を握らせてもらっているが、そんなふうに付き合ってもらっているのに、まだ怖がってしまうのが申し訳なかった。

改善した、と思ってからその先はまた停滞してしまい、今のままではだめなのかもしれないと考えるようになった。

ひと月が経過しても進展が見られなかったため、今度は私から悠生さんを買い物に誘った。

だけど外へ出る直前、自室からスマホを片手に持って現れた悠生さんは、やけに苦々しい表情をしていた。

「悪い、実家のほうでなにかあったらしい。弟からすぐに来るよう連絡があった」

「わかりました。困ったことが起きていなければいいんですが……」

「……ありがとう。失礼なことをした相手だというのに」

「顔合わせのことは気にしないでください。ご両親の考え方も理解できますから」

悠生さんの努力を否定する発言は許せないが、私に対しての言葉はもっともだと今でも思っている。

「買い物は、また次の機会にしよう。遅くなってからでもいいなら、今日でも大丈夫だが」

「じゃあ、悠生さんの用事が済んだら夜ご飯だけ食べに行くのはどうでしょう。外で待ち合わせをして」

「ああ、いいな。そうしよう。終わったら連絡する」

悠生さんは慌ただしく外出の準備をすると、すぐに家を出ていった。

今日は一緒に過ごせると思っていただけに残念だったけれど、仕方がない。

むしろ、今までが順調にいきすぎていたのだ。職業柄、突然出動しなければならない事態だってあるのだから。

実家でなにかあったらしい、とのことだが、いったいなにが起きたのだろう。誰かが倒れたとか、怪我をしたとか、そういう呼び出しでないことを祈る。

すぐに家を出るか少し悩んでから、以前のデートでサプライズのプレゼントをもらったのを思い出した。

今日もつけているブレスレットは、私の宝物のひとつになっている。彼にもなにかしらのプレゼントをお返しするのはどうだろう。

目的を決めて、行動を開始する。

今日は服を買う予定だったから、その時間も必要だ。それぞれ悩む時間があるのを考えると、早めにやることを終えて待っているくらいがちょうどいい。

悠生さんのおかげでトラウマが少し緩和されたのもあり、今は外出が楽しい。それもあって外を歩く時間を取るのもよさそうだと、歩きやすい靴を選んだ。

ショッピングモールに向かった私は、服や雑貨を見ながら悠生さんへのプレゼントについて考えた。

プレゼントのお返しもそうだが、私の目的のために協力してくれる悠生さんに日頃の感謝の気持ちを伝えたい。彼が喜ぶようなものや、うれしいと感じるものを渡すのが一番だが、それがなんなのか思いつかなかった。

雑貨店に入ると、色とりどりの商品が目に飛び込んできた。

どれも魅力的だけど、悠生さんに渡すものと考えると微妙にぴんとこない。

これじゃないな、こっちも違うな、と心の中で独り言を言いながら探してみる。

悠生さんはシンプルなものを好むように思う。家の家具は最低限だし、色も落ち着いたものが多い。服も柄や色のついたデザインは少なく、黒やグレー、白といった無地のものをよく着ている。

そしてなにより、彼は動きやすさを常に重視していた。咄嗟の時にすぐ動けるように考えているのは、自衛官だからなのかもしれない。

だったら実用的なプレゼントがいいだろうと考え、雑貨店を出る。誰かへのプレゼントがこんなに難しいとは思わなかった。

ちょうどいい店はないかとマップを確認するためにモール内を歩いていると、不意に悲鳴が聞こえた。

「大丈夫ですか⁉」

そんな声が聞こえ、咄嗟に身体が動く。

なにが起きたのかを理解するまで、そう時間はかからなかった。

私がいた位置からさほど遠くない場所に人が集まっている。その中心の位置には男性が倒れていた。

助けなければ――。そう思うのに、身体が動かない。

こんな時にどうして、と自分を叱咤する。

悠生さんのおかげで、男性に対する抵抗は薄れたはずだ。それなのにどうして身体が硬直したまま、前に進もうとしないのだろう。

怖い、なんて言っている場合ではない。

必死に自分を奮い立たせ、無理やり足を動かす。まるで水中を歩いているのかと錯覚するほど全身が重かった。なにかに後ろから引っ張られているかのようだ。

だけど私が男性のもとへたどり着く前に、横からヒールを履いた女性が足早に駆け寄った。

「AEDを持ってきて！」

はきはきと聞き取りやすい声がその場に響き、声をかけられた若い女性が慌てて駆け出した。

突然現れた女性は、背中までのストレートの黒髪を一本にくくっている。淡いブルーのブラウスは彼女の白い肌を引き立てていた。ヒールを履いているからか私よりも背が高く見える。

強い意志を感じさせる眼差しには安心感があった。

仕事ができる女性とは、きっと彼女のような人を言うのだろう。そう思うほど、頼もしい雰囲気がある。

だからか、そこに集まった人々は当然のように彼女の指示に従った。

女性は倒れた男性の脈を確認し、すぐに呼吸を見た。迷いなく動く姿から、彼女は医療従事者だと確信する。

「私にできることはありますか？」

「助かる。救急車を呼んで」

端的に言いながらも、彼女は私ではなく意識のない男性に目を向けていた。

「わかりました」

そう答え、すぐに一一九に電話をかける。

救急隊員と応対しながら、私は彼女のすることを目で追っていた。

ＡＥＤを使用し、胸骨圧迫を行う一連の流れにもためらいがない。悠生さんと出会った時と同じ安心感を覚えながらも、自分の情けなさを強く感じた。

もし彼女が来なかったらどうしていただろう。

私は男性が相手でも、あんなふうに完璧に対応できていただろうか。

もう大丈夫だと思っていたからこそ、無意識に身体が拒否したことで頭が真っ白になってしまった。一分一秒を争う時にそれは致命的だ。

やがて救急車が到着し、男性が運ばれていった。

救急隊員との対応も彼女がすべてやってくれて、次第に騒ぎが落ち着く。

「声をかけてくれてありがとう」

集まっていた人々がその場を離れる中、まだ立ち尽くしていた私のもとに女性が歩み寄ってくる。

勝ち気な微笑みはどこか優しさを含んでいて、情けなさに泣きたくなっている私の心を包み込んでくれる気がした。

「こちらこそ……あの場で動いてくださってありがとうございます」

彼女の冷静さ、素早い判断、そして的確な行動はすべてが完璧だった。倒れていた男性を救うため、当然のように全力を果たしたのが見ていてわかるほどに。

私も彼女のようでありたかった。トラウマさえなければそうできただろう。

四年前、私は現場を離れて正解だったのだ。いざという時に動けない人間は医療の場に必要ない。

「おもしろいお礼の仕方ね。もしかしてあなたも医療関係者？」

も、と言ったのを聞き逃さなかった。

「今は違います」

「そう。でもああいう時に声をかけられるだけで充分じゃない？　中には写真を撮ったり、動画をSNSで拡散させたりする人間だっているんだし」

以前、悠生さんと再会した時もそういう人間がいた。今、彼のように動けたらもっと役立てただろうと思うと、ますます胸が苦しい。

医療知識があるだけの役立たず。それが今の私だ。悠生さんのご両親から厳しいことを言われても仕方がない。

「……自分が情けないです。あなたのように動きたかった」

「現役じゃないなら仕方がないわ」

優しい慰めも今は自分の至らなさを思い知らされるようで、胸が痛い。

少しトラウマが改善したくらいでなにを調子に乗っていたのだろうと自分を恥じていると、ふと視界の隅に見覚えのある姿が映った。

「律」

駆け寄った悠生さんは少し息を切らしていた。ショッピングモールに行くことは伝えていたが、彼がここに来るとは聞いていない。

ちらりとスマホを確認すると、新着メッセージを受信した通知が入っていた。一連の出来事のせいで確認できていなかったようだ。

「連絡がないから心配した。なにかあったのか？」

それに答えようとした時だった。

「悠生さん……!?」

女性が驚きを顔に浮かべて悠生さんの名前を呼んだ。

そこで悠生さんも彼女の存在に気づいたようで、そちらに視線を向ける。

その目が、みるみるうちに大きく見開かれたのを見た。私の目から見ても、悠生さんが彼女の存在に戸惑っているのがわかる。

「久し振り！　こんなところで会うなんて思わなかった」

「……亜香里（あかり）、か？」

どうやら、ふたりは知り合いらしい。それも下の名前で呼び合うほどの仲だ。

「ぱっと見てわからないくらい美人になった？」

「相変わらずだな……」

「褒め言葉として受け止めてあげる。そうでしょ？」

「今の反応を褒め言葉だと判断するのは君くらいだろうな」

あきれたように言う悠生さんの口もとには、驚いたことに笑みが浮かんでいる。

「悠生さんだって、相変わらずみたいじゃない。その仏頂面、いい加減マシになったかと思ったのに。ほら、にこって笑って。怖いわよ」

「余計なお世話だ」

ふたりの間から漂う親しげな雰囲気が落ち着かない。悠生さんにも冗談を言って笑い合う相手がいるのだと、なぜか胸の奥が重くなる。

そこで私の戸惑いに気づいたのか、悠生さんが説明してくれた。

「医学部時代の知り合いだ。臨床研修で海外に行っていたと聞いたが、戻ってきたらしいな」

「初めまして。首藤亜香里です。整形外科が専門」

「羽白律です。よろしくお願いします」

「……羽白？」

苗字に反応した亜香里さんが、悠生さんをちらりと見る。

「妻だ。先日、結婚した」

「嘘でしょ、どういうこと？」

「どういうこともなにも、今言った通りだ」

亜香里さんが、今度は私をじっと見てくる。

探るような眼差しに動揺していると、彼女はぱっと笑顔になった。

「まさか結婚してるなんてびっくりした。おめでとう。律さんには悠生さんの学生時代のあれこれを全部教えてあげなきゃね」

「おかしな話を聞かせるな」

「別に変な話はしないわよ。あなたが横で一生懸命やってたおかげで、私も頑張れたって話をしたいだけ。おかげさまでこうして医師としてやっていけてるわ」

そう言いながら、亜香里さんが私に流し目を送る。

学生の頃からの知り合いだというふたりには、私の知らない過去があるのだろう。それを思うと、胸がざわついた。

「ねえ、これから時間はあるの？　せっかくこうして会えたんだし、ゆっくりおしゃべりしたいわ」

「今日は妻と過ごす日だ。また別の機会にしてくれ」

悠生さんが私を優先してくれたことに、ほっとする。

もしかしたら彼女と過ごすことを選ぶんじゃないかと思うくらい、亜香里さんと彼の距離は近いように見えた。

「残念。じゃ、連絡先を交換しましょ。律さんもよかったら」

「あ、はい。ぜひ……」

「別に律と交換する必要はないんじゃないか？」

「あなたの愚痴を言う相手が必要でしょ。ね、律さん」

私まで連絡先を交換するとは思わなかったけれど、断る空気ではなかったから曖昧に笑っておく。

悠生さんがあきれているのを見る限り、昔からコミュニケーション能力が高い人なのだろう。海外研修でも、きっとこの調子で周囲と接していたに違いない。

彼女が白衣を着て、仲間とともに医療現場に立つ姿を想像するのは簡単だった。

無意識にその〝仲間〟の中に悠生さんを加えてしまい、じんとした重い痛みを胸に感じる。

亜香里さんは、間違いなく私よりも圧倒的に優れた女性だ。

悠生さんとも親しげで、並んだ姿もお似合いだと思うと無性に切ない。

「医官の仕事について話も聞きたいし、これからまたよろしく」

亜香里さんが手を振って立ち去ると、一気に辺りが静かになった気がした。

「さっき、ここに倒れている男性がいたんです。……私が動けないでいる間に、亜香里さんが対処してくれて」

「臨機応変な対応に強い奴だったからな。君は大丈夫だったか？」

「……はい」

なぜだか、悠生さんが亜香里さんについて話すと息がしづらくなる。

「もう大丈夫だと思っていたのに……全然だめでした。いつかはまた医療現場に戻れるかな、なんて思っていたけど、やっぱり私には……」

「ずっと悩んできたことだろう。そう簡単に解決することじゃない。たしかに彼女は優れた医師だが、自分と比較してつらくなる必要はないんだ」

「そう、ですね」

ポジティブな考えに変換させたいけれど、どうすればいいというのだろう。

まだまだ自分には伸びしろがあるとでも思えばいいんだろうか。

現実からただ目を背けているだけのように思えてならないけれど。

「気を取り直してデートをしよう。もうなにか買い物はしたのか？　まだなら一緒に行こう」

こくりとうなずいて、悠生さんの後をついていく。今は彼の手にも触れられる気がしない。

プレゼントを買いたかったのに、それさえ果たせなかった。したいと思ったことがなにひとつできなかったからか、ひたすらに気分が重い。

楽しみにしていたデートも、鉛を呑み込んだ気分でスタートすることになった。


その夜、私はベッドの中で今日のことを考えていた。

トラウマを克服したら、また看護師になれるかもしれないと淡い期待を抱いていた。

だけどもしまた今日のような出来事が起きて、身体が動かなくなってしまったら？

結局なにも改善できていないのだとしたら、今日まで付き合わせてしまった悠生さんに申し訳ない。

泣きたい気持ちでいると、ベッド脇のテーブルに置いたスマホの画面が明るく光った。ベッドから起き上がって確認してみると、今日聞いたばかりの名前が表示されている。

亜香里さんから届いたメッセージを確認すると、【今、話せる?】と書かれていた。

メッセージでのやり取りではなく、電話でという意味だろうか。

なにを話したいと思っているかわからなくて断ろうかと思うも、そんな自分をまるで現実から逃げたがっているかのようだと考えてしまい、了承の返信をしてしまう。

亜香里さんとの電話は、それから数秒も経たずに始まった。

『こんな時間にごめんなさいね。早く話したほうがいいと思って』

「いえ……お話とはなんでしょう」

『悠生さんのこと』

たったひと言が私の心を刺すように響いた。

部屋の温度が一気に下がったような気がして、背中にぞくりとした感覚が走る。

『実はあなたの話を聞いたの。医療現場から逃げて、今は一般企業に勤めているんですってね。それなのに悠生さんと結婚するなんて、どうしてなの?』

声のトーンは変わらないけれど、明らかに私を非難している。

昼間はそんな態度を取られなかったから、この時間になるまでに考えが変わったのだろう。

きっかけがあるとしたら、誰かに私の話を聞くくらいだろうけれど、彼女が私について聞く相手がいるとしたら悠生さんしかいない。

そう気づいて、心臓がぎゅっと鷲掴みにされるような錯覚に陥った。

『彼がどういう家庭の人間かわかるわよね。必要なのは医師として一緒に戦える人間であって、目の前の命から逃げるような人じゃないの。あなただって今日、すぐに動けなかったでしょう？　そんな人間が悠生さんのそばにいていいと思っているの？』

「それ、は」

悠生さんの母親も同じようなことを言っていた。

別々の人間から同じ非難の言葉を投げかけられると、間違っているのは私なのだという気にさせられる。

『あなたのためにもならないと思うわ。住む世界が違いすぎるのよ。私たちと違って』

どくんと心臓が大きく跳ねた。

悠生さんにとってふさわしいのは、たしかに亜香里さんのような女性だ。医師として一緒に戦うことができる相手、というひと言がひどく沁みる。

「それでも私は……悠生さんと一緒にいたいです」

自分の想いを口にしてから、それが本心だと気づいた。

彼のご両親に言われた時とは違い、もっと切実な感情から来る想いだ。そんな気持ちが自分の中にあると知らなかったけれど――。

『いい？　今のあなたの生活は間違い。悠生さんはね、彼への理解があって、かつ誰よりも近い場所で支えられる医療従事者と結婚するべきなのよ。そうして医師として大成するのが一番の幸せなの。それをあなたが邪魔してる』

そう、私たちの関係は偽物だ。どんなに心地よくても、いつかは終わりを告げる。

壁のカレンダーを見ると、悠生さんと結婚してからいつの間にか三か月が過ぎようとしていた。いつの間にそんな時間が経ったのかわからないほど、この生活に馴染んでしまっていたらしい。その事実が急に恐ろしくなった。

「どうして、そんなことを言うんですか……？」

わざわざ亜香里さんがこんな連絡をしてくる理由がわからなくて、震える声で尋ねる。

『彼にとって必要な女性があなたじゃないことを知っているからよ。よく考えてみて。

あなたになにができるの？』

彼女の言葉が、再び悠生さんの母親のものと重なる。

今日まで私は悠生さんを支えてきただろうか。

仕事をしながらではあったけれど、家事は担当した。

だけど悠生さんがやってくれることも多かったから、支えたというほどのことはできていない。

支えられていたのは私のほうだ。

彼の優しさと気遣いに甘えて、トラウマと向き合うための協力をしてもらった。

『愛があれば関係ない、とは言わないわよね。それはただの依存よ。本当に愛しているなら、彼の幸せのために一番いい選択をするはずだもの。あなたはどう？』

しばらく沈黙が続いた。自分の心が、亜香里さんの言葉に揺さぶられているのがわかる。

『離婚したほうがいい。あなた自身のためにも』

頭を抱えたくなったけれど、ここで返答を濁すわけにもいかない。

「亜香里さんの言っていること、よくわかります。だけど私は……」

悠生さんといたいと、心の中では強く思っている。

でも、亜香里さんや悠生さんの母親の言葉は正しいのだ。さらに言えば、私はトラウマを克服したら悠生さんとの別れが決まっている。

そんな状態で、どうして強気に出られるだろう。

『よく考えて』

そう言い残し、亜香里さんは一方的に電話を切った。

静かになったスマホを握ったまま、呆然と暗い液晶画面を見つめる。

私が悠生さんといたいと思うのは、私にとって彼が必要だからだ。

だけどそれはトラウマを解決させるためではなく、純粋にひとりの人間として彼の存在を特別に感じてしまったから。

私はいつから、悠生さんを好きだと思っていたのだろう。

人としてではなく、男性として。

もしかして最初からそうだったのだろうか。だから彼だけはほかの男性と違って、怖いと思わなかった？

考えたところでなんの意味もない。

私たちはいずれ夫婦関係を解消し、他人に戻る。

それに私は、亜香里さんの言うことに反論できなかった。

悠生さんに必要なのは彼の隣で一緒に戦い、支えられる人だ。私はそうなれない。

こんな気持ちに気づきたくなかった。

悠生さんを好きだということも、自分がなにもできない役立たずだということも、気づかないまま終わりたかった。

ベッドに横たわり、顔を覆って唇を噛みしめる。

心が折れた音がした。

5揺らぐ気持ち

表向きはこれまで通りに、だけどこれ以上つらくならないよう、心を彼に寄せすぎないよう毎日を過ごした。

厳しい言葉を投げつけられたあの日以来、亜香里さんは私に連絡をしてこなかった。

悠生さんにはしているのだろうと思うと、どうしようもなくつらい。だけど彼に彼女とのやり取りがあるのかは聞けないし、あったところでやめろとも言えなかった。

そしてあれからひと月が経ったある日の夜、珍しく悠生さんが私の部屋のドアをノックした。

「少し、話さないか」

彼が自分からそんなふうに言ってくるのは初めてだった。

私のトラウマを知っているからこそ、こちらから行くまでは待ってくれていたのに、なぜ急に考えを変えたのだろう。

「なにかあったんですか？」

「それは俺のほうが聞きたい」

ドアを開けようとした手が止まった。

ここからでは見えないとわかっているのに、ドアを隔てた向こう側にいる悠生さんの様子を窺う。

「最近、様子がおかしい。俺の勘違いならいいが、もしそうでないなら言ってくれ」

そんなことを彼に言われるような素振りは見せていないはずだ。

たしかにこれ以上彼を好きになってはいけないと努めてはいたが、露骨に避けたり、この関係を早くやめようと言ったり、わかりやすい行動は取っていない。

むしろなにもしていないと言っていい。

ただ心の中で気をつけようと考えていただけなのだから。

強いて言うなら、それほど積極的にトラウマ克服の訓練をお願いしなくなったくらいか。

でもそれだって、ときどき付き合ってもらってはいる。

「勘違いだと思います。特に心当たりがないので……」

「……そうか」

「どうしてそう思ったんですか？」

「わからない」

彼が言った言葉を声には出さずつぶやく。

「ただ、以前とはなにか違う気がした。ここ最近の話だ」

「なにかと言われても……本当になにもありません」

心臓が嫌な音を立てて鳴っていた。彼は私のなにを見てそう判断したのだろうか。

「心配してくれてありがとうございます。だけど、大丈夫です」

「……明日からしばらく、訓練に付き合う時間を取れないかもしれない。君さえ乗り気なら、今日やらないか？」

急に話を変えてきたことに戸惑うも、内容のほうに意識が向いた。

「忙しくなりそうなんですね」

「ああ」

彼の仕事について、詳しくは知らない。身内であっても詳細を伝えられない職だとわかってはいたから、特に気にしてはいなかった。

自衛隊病院で働いているか、もしくは私がイメージする一般的な自衛官のような仕事をしているのだろう。

「訓練はどうする？」

もう一度尋ねられ、彼の質問から逃げてしまっていたと気づいた。

正直に言うと、魅力的な誘いだった。

私にとって恐怖を乗り越えるための訓練だったが、彼の優しさを強く感じるひと時でもある。今はもう悠生さんに触れられるから、ただひたすら彼の温かな思いやりを受け止めるだけの時間だ。

下心があると思われたくないから、誘いに応えるのは抵抗がある。でもせっかく彼が歩み寄ってくれたのに断るのも気が引ける。

どうするか悩んだ末、ドアをそっと開ける。

「やります」

リビングに向かい、ソファに並んで座って軽く身体を悠生さんのほうへ向けた。

膝がこつんと触れ合ったけれど、今は男性との距離が近いことに対する動揺はない。

それどころか、そんな事故のような触れ合いにさえ胸が高鳴る。

これ以上好きになってはいけない、と自分に言い聞かせて悠生さんを見上げた。

彼は私をじっと見つめ、ゆっくりと手を差し出す。

「俺から触れても？」

「え……」

思いがけない誘いに戸惑いが生まれる。

こちらから触れられるようにはなったけれど、彼に触れられるのはまだだめだった。だからまずは私が触れることに慣れてから、というのが暗黙の了解になっていたのに。

「嫌ならやめておく」

「嫌ではない、です」

なぜ、という疑問が浮かぶ中、悠生さんの手が私の手に近づいた。

指先が軽く触れただけで、身体が緊張で硬直する。

勝手に背筋が伸び、心臓が激しく高鳴った。身体の中に氷の杭を打ち込んだように、お腹の奥から嫌な冷たさが広がっていく。

「やめておこうか」

緊張が顔に出ていたのか、悠生さんが静かに尋ねてきた。

その眼差しがあまりにも優しいものだから、やめると言えずにうなずいてしまう。

「無理をする必要はない。だめならだめと言ってくれ」

「……はい」

「変に意識しないほうがいいのかもしれない。『触られる』と思うよりは、『手を繋ぐ』と考えたほうが気が楽になるんじゃないか」

「手を繋ぐ……」

提案された通りに考えようとするけれど、それは違う意味で緊張すると気づいてしまった。だけどもうここで止められる雰囲気ではない。

彼は慎重に私の手を包み込み、気遣いながら指を絡めてくれた。

こんなに丁寧に触れられたら、自分がガラスで作られた繊細な置物にでもなったような気になる。

悠生さんのぬくもりは私に少しずつ安心感を与えてくれた。温かな日差しの中で日向ぼっこでもするような、そんな安らぎが胸に広がっていく。

同時に泣きたいほど苦しくなった。

悠生さんが触れてくれるのがうれしい。優しさを見せてくれるのがうれしい。特別扱いしてくれるのがうれしい。

「肩に力が入っているな」

指摘されて、下に向けていた視線を上げる。

悠生さんは私を安心させるように、滅多に見せない微笑をこちらに向けていた。

思わず手に力が入って、絡んでいる彼の指を握り返してしまう。

「どうした」

「力を抜こうと思って……」

これは嘘だ。彼と手を繋いでいる状態で、笑顔なんて見たから切なくなっただけ。

これ以上好きにならないなんて無理だ。

こんなに泣きたいほど彼を愛おしく思っているのに、どうやってこの気持ちが大きくならないよう抑えられるというのだろう。

「どうすればリラックスできるんだろうな。人を落ち着かせるとしたら、背中を撫でたり、手を握ったりするのがいい気はするが、どちらも君にとっては逆効果だろう」

「ためしにやってみてくれませんか……？」

悠生さんにだって触れられるのが怖かったはずなのに、もっと触れられたいという気持ちがどこからともなく湧き上がってきて懇願してしまう。

悠生さんは少し目を見張ると、片手で私の手を包み込んだままもう片方の手を背に伸ばしてきた。

まるで抱きしめられるかのように、彼との距離が一気に近づく。ふわりと鼻先に悠生さんの香りが漂った。

彼の男性的な魅力を感じさせるものだ。洗濯をしている時、ときどきシャツから感じるその香りが好きだった。

このまま心臓が弾けて壊れてしまいそうだ。本気で不安になるくらい、胸が激しく高鳴って騒いでいる。

「こう、でいいか？」

ぎこちなく悠生さんが背中を撫でてくれる。

あまり人にこういうことをした経験がないのだろうか。そんなふうに思うほどぎくしゃくしていて、思わず笑いそうになった。

「律」

名前を呼んだ悠生さんの手が止まった。

いったいどうしたのかと顔を上げた時、その弾みに目尻からほろりとなにかが落ちる。

「悪い。やりすぎたな」

少しだけ早口になった悠生さんが、握っていた手を放して身を引いた。

そして〝もう触れない〟と示すように軽く両手を上げる。

「急にどうしたんですか？　まだ大丈夫——」

「泣いているのに？」

私を見つめる悠生さんの目には、不安と罪悪感が揺らいでいた。

どうして私は泣いているんだろう。なにも怖くないのに。彼だけは怖くないと知っているのに――。

「ちが――違うんです、これは」

「ここまでにしよう。……無理に訓練を提案すべきじゃなかった。俺に提案されて断り切れなかったんだろう？　本当に申し訳ないことをした」

誤解されている。私が涙をこぼしてしまったのは、彼を拒む気持ちからじゃない。むしろ彼を受け入れたくてたまらないから、切なくなったのだ。

ソファから立ち上がろうとした悠生さんの、服の裾を思わず掴む。

「ま、待ってください。もっと……」

声が震える。彼の顔を見られそうにない。

「もっと、触ってほしいです……」

悠生さんの目が驚きを示して丸くなった。彼らしくない戸惑いが浮かんだ直後、先ほどよりも強い力で手を包み込まれる。

「抱きしめてもいいか」

一瞬、自分がなにを言われたのか理解できなかった。

言葉の意味を呑み込む前にうなずくと、軽く腕を引っ張られる。一拍の後、私は悠生さんの腕の中にすっぽり収まっていた。

「嫌だったら――」

「嫌じゃないです……」

こんなやり取りを、もう何度も繰り返した気がした。

どの瞬間も私は彼を嫌だと思えなかった。今も、やっと彼のぬくもりに包んでもらえて涙が止まらない。

悠生さんが好きだ。

彼にしかこの距離を許したくない。ほかの誰にも触れられなくていいから、彼にだけは触れてほしい。

「……律」

耳もとで悠生さんの声が聞こえ、身体の力が抜ける。

もっと名前を呼んでほしいと思った。きつく抱きしめて、なにも考えられないようにしてほしい。

自分が彼にふさわしい人間ではないとわかっているのに、どうしてこの気持ちをふくらませるようなことをしてしまったのだろう。後悔ばかりが込み上げる。

こんなに好きになりたくなかった。

まるで呪いのように想いを涙に託してこぼし、悠生さんの胸に顔を押しつけた。

涙で汚してしまうのは申し訳ないけれど、こんなふうに彼に身体を預けるのはこれを最後にしようと決めて。

「嫌じゃないなら、どうして泣くんだ。理由を教えてくれ」

首を左右に振って、答えられないのだと告げる。

悠生さんは黙ったまま私の背を抱く腕に力を込めると、落ち着かせるように背中を撫でてくれた。そんな優しさを見せられたら、また好きになってしまう。

どうか、この気持ちが彼に気づかれなければいい。

私が抱えたトラウマのためにここまで触れてくれた彼に、これ以上よこしまで浅ましい気持ちを抱きたくない。

以前、彼は私に幸せとはなにかを聞いた。

『好きだと思える人に触れられたら、それだけで幸せになれると思いますよ』

あの時、私が出した答えは本質をついていたらしい。

悠生さんに触れられただけで、こんなにも幸せなのだから。

日付が変わった後も、俺はなかなか寝つけずにいた。

このまま朝を迎えそうだと感じ、気持ちを切り替えるためにベッドを出て部屋の外へ向かう。

家の中はひどく静かだった。ひとりで暮らしていた時のようだ。

水でも飲めばすっきりした気持ちになるだろうかと思ったが、自然と視線は律の部屋のほうに向いていた。

ほとんど無意識にそちらへ足を動かしてしまい、ドアを開こうとした手を止める。

無性に彼女の顔を見たいと思ってしまった。勝手に部屋に入ろうとするなんて、最低な行為だ。

律はもう眠っただろうか。眠れているのだろうか。

切ない泣き顔を見てしまったから、なにも恐れる必要のない穏やかな眠りについていてほしいと思う。幸せな夢を見て、また少しだけトラウマを克服できた喜びを噛みしめてくれればいいと。

それなのに俺は、彼女が眠れていなければいいとも思ってしまっている。

俺のように焼けつくような想いで胸がいっぱいになっていてほしい。

呼吸の仕方を忘れるほど苦しんでほしいし、そのせいで眠れない夜に心を乱されてくれたらいい。

ドアにそっと手のひらを押し当て、彼女のぬくもりを思い出す。

ここ最近、ずっと律は様子がおかしかった。普段通りの振る舞いをしてはいたが、明らかに目を合わせる回数が減ったのだ。

きっかけがあるとしたら、亜香里に会ったあの日だろう。

彼女は俺と再会した時のように、倒れた人と遭遇したと言っていた。相手が男性だったために動けず、そこを亜香里に助けてもらった形になったと。

『もう大丈夫だと思っていたのに……全然だめでした。いつかはまた医療現場に戻れるかな、なんて思っていたけど、やっぱり私には……』

前向きに考えると幸せになれるのだ、と言っていた彼女があんなに気落ちしていた。よほどショックだったのだろうと、その後はこれまで以上に気を配っていたつもりだが、どこまで彼女に届いていただろう。

こういう時はそっとしておいたほうがいいのかもしれないと、少し距離を置いたのがいけなかっただろうか。

男性への対応をうまくできなくて悩んでいた彼女に、男の俺が近づいては余計に苦しめるだけかもしれないと、積極的に動かなかったのが問題か。

彼女と過ごす日々は長くなったし、好きなものや趣味もわかるようになったつもりだったが、どうすれば元気になるかまではわからなかった。

このひと月、自衛官の仕事が慌ただしかったのもある。

全国区でニュースになるほどのものではないが、大雨による土砂災害があったのだ。救助活動中に自衛官が巻き込まれたために、自衛隊病院は休憩を取る暇もないほど忙しかった。

それも彼女と向き合うのが遅れた理由のひとつだ。もっと早くきちんと話をすべきだったと、先ほどの姿を見て悔やんだ。

なにか思い詰めているのか、強張った表情をしていた。

突然泣き出した時は、心配するより先に不安になった。彼女が泣いていることを自分で理解していなかったからだ。

避けられている気がしたから、こちらから行動すべきだと考えて踏み込んでみたが、もしかしたら間違いだったのだろうか。

助けを求めている人を待つのではなく、自分から助けに行きたいと思ってこの仕事を選んだのに、律との接し方は間違えたように思えてならない。

彼女に寄り添いたいと思った。手助けできることがあれば、なんでも言ってほしいと。

それなのに大丈夫だと言っているのが、強がっているように思えてますます不安になった。

焦ったせいで接し方を間違ったから泣かせてしまったのだと思ったのに、彼女は俺にもっと触れてほしいと懇願してきた。

どうしようもなく胸が熱くなって、どんな手を使ってでも彼女を慰めたくなった。思わずこぼれ出た問いかけに答えをもらうなり、律を相手にするには強引すぎるやり方で抱きしめてしまった。

甘く漂うバーベナの香り。

想像していたよりもずっと小さな身体に、細い肩。こんなに簡単に腕の中に収めてしまえるなんて思わなかった。

込み上げてきたあの感情は、いったいなんなのだろう。一番しっくりくるのは愛おしさだろうか。

彼女を泣かせたくない、守りたい、支えたい、寄り添いたいとあんなにも強く思ったのは初めてだ。

自分でも驚くほど、律に対して特別な感情が芽生えている事実を思い知らされる。

いや、今さら芽生え始めたものではない。

ふたりでデートをした時に交わしたやり取りから、両親との顔合わせをした時から——それよりももっと前からか。

再会する以前、初めて出会った過酷な災害の現場で、もう彼女を目で追っていた気がする。

俺はずっと、律を好きだったのだ。

気づいてしまうと、どうして今まで自覚していなかったのかわからなくなった。

こんなにも愛おしくてたまらないのに、なぜ彼女に対する想いを愛だと認識していなかったのか自分が理解できない。

律が安心して笑えるようにしたい。そのために自分ができることを考える。

仕事が落ち着いたら、律と過ごす時間をきちんと取ろう。

以前のようにデートに誘って、一日中お互いが向き合えるひと時を作ってもいいかもしれない。

律の考えていることがわかれば、なにに悩んでいるか相談に乗れるはずだ。

そこまで考えて、その後はどうするんだという疑問が芽生えた。

俺は律が好きだ。じゃあ、この関係はどうなる?

彼女に嫌われているとは思わないが、素直に好きだと伝えても大丈夫なのだろうか。

トラウマの克服を手伝ってくれると安心しきっていた男から、「好きだ」と言われたら。

そうなった時に律がどんな反応をするのか想像できなくて、今の悩みを解決した後にどうするかも思いつかなくなる。

ただ、この気持ちを隠したまま結婚生活を続けるのは違う気がした。

触れたい、抱きしめたいという気持ちを抱えて接するのは、下心を持って彼女を襲おうとした男と同じように思えてしまう。

だとしたら、この関係に一度区切りをつけるべきなのかもしれない。

気持ちを伝えたうえで、夫婦生活を続けるかどうかを律に問う。

……いや、やっぱりだめだろうか。

俺の気持ちに整理がつくとしても、律は違う。

いたずらに傷つけてしまうくらいなら、やはりトラウマが解消されるまでなにも言わずに想いを隠すべきか。

答えが出ない。出さなければならないのに。

最優先に考えるべきは律の心だ。慎重に決める必要がある。

最近、様子がおかしい理由を聞いて、その答え次第で次の出方を考えよう。

俺にとっての最善は、好きだと気持ちを伝えたうえで、夫婦関係を継続させることだ。それもこれまでのような契約夫婦ではなく、本物の夫婦としてである。

奇跡が起きればいいと心から願い、ゆっくりと息を吐いた。

6恋よりも大切なこと

しばらく忙しくなると言っていた通り、悠生さんの生活は不規則になった。

夜に帰宅せず、明け方に帰るようになる日が増え、必然的に顔を合わせる日も減った。

それでもわずかな時間を見つけ、私と会話をしようとする。

トラウマ克服に向けての練習は必要ないかと尋ね、そうでなくても今日なにがあったか、また一緒に出かけられるといい、と他愛ない話をしてくれる。どんなに忙しくても私を気遣う姿に、改めて愛おしい気持ちが芽生えた。

身体を壊さなければいいがと心配し、自分にできることを考えてキッチンに立った。

医療の現場で彼を支えられないなら、私なりのやり方で支えたい。

まずはおにぎりを作ることにする。このために炊いておいた白米を炊飯器から取り出し、手に水と塩をつけて握った。

悠生さんはよく食べる人だ。だから、ひとつやふたつ用意した程度では足りないかもしれない。せっかくなら具材もいろいろ用意してみようと、梅干しや鮭、昆布やおかかと四種類のおにぎりを用意してみる。

悠生さんが喜んでくれたらいい。きっと疲れているだろうから、これで少しでも癒やせたらと心の中で願った。

四種類をふたつずつ、合計八個のおにぎりを作るのは少しやりすぎたかもしれない。

余った分は自分の朝食にしようと考え、皿にのせたおにぎりの上にラップをかける。それを脇に置いて、今度はスープを作ることにした。

疲弊した心に、温かい汁物はよく沁みるはずだ。

鍋に水とコンソメスープの素を入れて火にかける。

冷蔵庫から野菜を取り出し、玉ねぎやニンジン、セロリとパプリカをみじん切りにして鍋に投入する。

キャベツもあればもっと食感が楽しかったのかも、と思いながら、コンソメスープの海を踊るように泳ぐ色とりどりの食材を眺めた。

ふわりとおいしそうな香りが立ち上り、夕飯を食べたはずの私のお腹まで刺激した。

くつくつとスープを煮込みながら塩で味を調えるうちに、悠生さんの帰りを待つ気持ちがどんどん強くなっていった。

好きになってはいけない相手だけれど、それは離婚の際に揉めるからというのが前提にある。

約束通りに関係を終わらせて、きちんと別の人生を歩めるなら、彼を好きなままでいてもいいんじゃないだろうか。

幸せになってほしいと願える相手ができたことは、私にとってうれしいことだ。

悠生さんの家ほどではないにしても、私自身も家族との関係はそこまで密ではなく、深く狭い付き合いのほうが気楽なために友人の数も少ない。

そんな私が特別な人を見つけられたのだ。この想いを宝物として大切にしたいと思うくらい、許してほしい。

鍋を混ぜていたおたまを引き、小皿によそってスープの味見をする。

もう少し塩を足したほうが味がはっきりしそうだ。

胡椒も入れると、ぴりっと刺激が出ておいしいだろう。そう考えて味を調える。

仕上げに乾燥したパセリを散らすと、ほんの少し高級感が増した。

ほっこりする香りが漂う中、鍋に蓋をする。悠生さんを迎える準備が整い、ほっと肩の力が抜けた。

後は、それぞれ温めて食べるようメモ書きを残せばおしまいだ。適当な紙はないかと探していた時、玄関のほうで物音がした。

無言で帰宅した悠生さんは、リビングで出迎えた私を見て不思議そうな顔をした。

どうやらまだ起きていると思っていなかったらしい。

料理に夢中で気づかなかったけれど、時計を見ると既に日付が変わっている。

「いい香りがする」

ぽつりと言った彼は疲れた顔をしていた。半分眠っているようにさえ見える。

「今作ったばかりなんです。スープをよそうので、ちょっと待ってくださ――」

キッチンに向かおうとした瞬間、後ろから抱きしめられた。

驚きと戸惑いで息が止まる。

これまで男性を前にした時のような恐怖はなかったけれど、代わりに彼に抱きしめられているという事実にうろたえた。

悠生さんの腕に包まれている感覚は夢のようだった。時間も時間なだけに、本当に夢を見ているんじゃないかと錯覚する。

「悠生さん……？」

なぜ彼が、こんな行動を起こしたか理解できず名前を呼ぶ。

唇からこぼれ出た声は、自分でもわかるくらい戸惑いに揺れていた。

「……安心するな」

耳の縁を悠生さんの吐息がくすぐる。ぴくんと身体が反応し、一気に鼓動が速くなった。

硬直する私にはかまわず、悠生さんは私の首筋に顔を埋めてゆっくり深呼吸をする。

「いい香りだ」

安堵の声が肌を撫でていった。

帰宅してすぐいい香りだと言ったのは、家の中に漂うスープのことではなく、私のことだったのだろうか。そんなはずはないと変な期待を抱いた自分を恥じる。

頬が熱かった。彼の言葉の意味も、行為の意味もわからず振り返る。

「夜食……どうしますか?」

「……ん」

悠生さんは私の肩に額を押しつけて、答えになっているのかよくわからないつぶやきを漏らした。

半分眠っているようだと思ったけれど、もしかして本当にそうなのだろうか。

少しぼんやりした表情は彼らしくなくて、それほど疲れるような一日だったのだと心配になる。

「……このままだとソファで寝ちゃいそうですし、ベッドに行きましょうか」

悠生さんの手を引くと、彼はおとなしく後をついてきた。やけに手が熱いから、やっぱり本当に眠っているんじゃないかと思ってしまう。

彼の部屋に初めて足を踏み入れ、悠生さんをベッドに導く。

「悠生さん、おやすみなさい」

ベッドに横たわった悠生さんに声をかけると、不意に腕が伸びてきた。

なんだろうと思ったのも束の間、手首を掴まれて引き寄せられる。

次の瞬間、私は彼の腕の中にいた。まるで抱き枕のように抱きしめられ、驚きで動けなくなる。

悠生さんは腕だけでなく足まで私に絡めてちょうどいい位置を確認すると、安心したようにふうっと息を吐いた。

「あ、あの」

「ん……？」

どう言えばいいのだろう。私は抱き枕じゃありません、とか？

悩んでいるうちに、悠生さんがますますきつく私を抱きしめてきた。

「やわらかくてかわいい」

「……え」

『やわらかい』と『かわいい』が繋がるのはおかしい気がしたけれど、今はそんなことを指摘している心の余裕がない。

「も、もう少し離れたほうが寝やすいです、よね」

声が裏返ったことに恥ずかしさを覚えながら言うも、悠生さんは私の背に腕を回したまま、いやいやと子どもがやるように首を横に振った。

「これがいい……」

ほっとしたような囁きと一緒に、悠生さんの吐息が頬をかすめる。

私なんて抱き枕にしても気持ちいいはずがないのに、目を閉じた悠生さんは満足そうな顔をしていた。

この状況に落ち着かないのは私だけで、悠生さんは本当に安心しているようだ。

どうしてという気持ちと一緒に、別の気持ちが芽生える。

私ばかりが意識するなんて、ずるい。

悠生さんにも同じくらいどきどきしてほしい――。

そう思って無意識に顔を寄せた時だった。

「……一緒に寝ようか」

低いのに妙にはっきりした声で言われ、驚いてびくりと肩が跳ねた。

絶対に寝ぼけているとわかっていても、甘い誘いは心臓に悪い。

……私は今、なにをしようとした？

悠生さんに意識してもらいたくて、眠気と戦っている場合じゃないと伝えるために――どうして、顔を寄せてしまったのだろう。

ただでさえ熱くなっていた頬が、ますます熱を持ち始める。

「寝ま、せん」

彼の腕の中にいたら、きっとおかしくなってしまう。いや、もうおかしくなっているのかもしれない。

そう考えて逃げようとしたら、背中に回された腕がよりきつく力を込めてきた。

それだけでなく、後頭部をぽんぽんと撫でられて額にキスをされる。

ぎゅっと心臓を掴まれたような緊張が走り、自分はもうここから逃げられないのだと悟る。

囚われたのは身体だけじゃない。心も一緒に抱きしめられてしまった。

一緒に寝ようという誘いを断ったのに、悠生さんはそれきり唇を閉ざして寝息を立て始めた。

同じベッドで眠る日が来るなんて思いもしなかった。

さすがによろしくないんじゃないだろうかと思うも、しっかり抱きしめられているせいで抜け出せそうにない。なにより、変に身動きしたらせっかく眠った悠生さんを起こしそうだ。

悠生さんはどこまで意識して、私に『一緒に寝ようか』と言ったのだろう。

誰かと間違えたのかもしれないとは思いたくない。小さな不安と、甘い胸の疼きが私の心を惑わせる。

今、私は悠生さんの腕の中にいる。

目を閉じると、心地よいぬくもりに集中できた。抱き枕だとしても、彼に必要とされているようでうれしい。こんな瞬間が、ずっと続いてほしいと願ってしまう。

ずっと男性への恐怖に震えていた私が、男の人の腕の中で安心して眠ろうとしているなんて。ここまで大きな変化をもたらしてくれた悠生さんには感謝しかない。

自分でも思っていたより、悠生さんとの触れ合いに飢えていたのかと深呼吸をする。

彼にふさわしくないと言われたけれど、もう少しだけ一緒にいたい。

だってまだトラウマは解消されていないのだから、離婚を急ぐ必要はないはずだ。

自分で自分に言い訳し、苦笑いしながら悠生さんの鼓動を感じる。

難しいことは全部投げ出して、好きな人のぬくもりだけ感じていたかった。

◇　◇　◇

朝日がカーテン越しに差し込み、やわらかな光が部屋を包み込む。その光を受けてまぶたを開いた俺は、目の前に見慣れた顔を見つけて思考停止した。

どうして、律が俺のベッドで眠っているんだ。

俺の胸に顔を埋めて眠る律の表情は穏やかで、なんの不安も心配もないように見える。

男性恐怖症を抱えていた彼女が、俺の腕の中で眠っているのは驚くべきことだ。

かつては触れられることさえ難しかったのを思うと、大きな進歩である。

だが、この状況を果たして心から喜んでいいものか。

まず、なぜこんなことになっているのだろう。

よくよく思い返すと、昨夜帰宅した記憶がない。

あまりに疲れすぎて、同僚に大丈夫かと尋ねられたところまでは覚えている。

問題は俺が強引に彼女をベッドに引きずり込んだのか、彼女が自分から俺のベッドに潜り込んできたのかだ。

律の事情を考えるなら前者の可能性が高そうだが、もしそうなら彼女は怖がって逃げているだろうとも思う。

だとすると後者の可能性も浮上してくるのだが、本当にそうだった場合、俺は目覚めた彼女に向かってどんな顔をすればいい。

律が身じろぎをした。

跳ねた髪が俺の肩に触れただけで、どくんと心臓が音を立てる。

すり寄ってくる律が愛おしくて、思わず背に回した腕に力を込めていた。

眠っているならそれでいい。どうかこのまま目覚めず、俺の腕の中にいてほしい。

顔を寄せ、律の額に唇を押し当てる。

胸が締めつけられるような想いが込み上げ、そのまま頬にもキスをした。

もっと触れたい。

そんな衝動を覚え、顔にかかった律の髪を小さな耳にかけて輪郭に手を滑らせる。

軽く上を向かせ、顎に指を添えて顔を寄せた。

「悠生さん……？」

吐息がかかる距離で名前を呼ばれ、はっと我に返る。

俺は今、なにをしようとしたんだ。いや、既にした後か？

「……おはよう」

眠そうな律を前に焦りを押し殺し、今の状況を誤魔化すべく少し身を引いた。

その間、彼女は不思議そうに俺を見ている。心の中を見透かすような眼差しを受け止めきれず、目を逸らした。

「おはよ、ございます」

ふあ、とあくびを噛み殺しながら言った律が顔を寄せてきた。

ぎょっとしたのも束の間、胸に顔を押しつけられる。

「あったかい……」

次いで、小さな寝息が聞こえた。どうやらまた眠ったらしい。

寝ぼけてくれていてよかったが、よかったと思った時点で自分がよからぬことをしたのだと突きつけられた気がして気まずくなる。

今、俺は律にキスをしようとした……と思う。

動揺を消しきれないまま手を伸ばし、律のやわらかな髪を撫でる。

微かに鼻腔(びくう)をくすぐるバーベナの香りは、今や俺にとって花の匂いではなく律の匂いだった。

きっと今、彼女と一緒に見たバーベナの花壇の前に行ったら、律のことを思い出して落ち着かない気持ちになるだろう。

仕事をしている時以外、常に律のことを考えている気がする。だからきっとここ最近の忙しい日々を大変だと思いながらも、ありがたく思っていたのだろう。

視線を下に向け、律の寝顔を覗き込む。

悩みが解決した様子はないが、折り合いをつけたのか肩の力を抜いて過ごすようにはなったと思っている。

律が落ち込んでいた原因は、改善しつつあると思っていた男性恐怖症を克服できていなかったことが大きいだろう。

同性の亜香里の活躍を目の前で見たから、自分と比較してしまったのもありそうだ。比べる必要などないし、一朝一夕に改善されるものでもないのだから大丈夫だと言いたいが、彼女は真面目すぎて思い詰めやすい性格に感じる。

言葉で伝えるよりも、自分で割り切りどころを見つけられるよう、背中を押しつつ支えたほうがいい気がした。

現に彼女は、俺に触れられても怖くなった時点で安心したように思う。

……男性恐怖症が無事に改善されたら、告白してもいいんじゃないかと思ってしまった。

俺が気にかけているのは、好きだと告げることで彼女が怖がるんじゃないか、傷つくんじゃないかということだ。

そもそも男に対して恐怖がなくなれば、俺が望む未来に一歩近づける。

簡単な話だったんじゃないかと自分にあきれた。

あれこれぐだぐだと考えていないで、律の男性恐怖症が治るようこれまで以上に力を尽くせばいい。

もう大丈夫だと彼女自身が思えたら、その時に改めてこの気持ちを伝えよう。

それまではもう少しだけ我慢するとして、今まで以上に前向きに訓練をする旨を話したほうがよさそうだ。

◇◇◇

目を覚ましてすぐ、さっと全身の血の気が引いた。

私は昨日、悠生さんのベッドで眠ってしまったらしい。ここにいるはずの悠生さんを探してリビングへ向かうと、ソファに座ってコーヒーを飲む彼の姿があった。

「お、おはようございます」

昨夜の甘い感情を呼び起こす間もなく、彼はどう思っただろうと気になって不安になる。

「おはよう、よく眠れたか？」

「は、はい。悠生さんは大丈夫でしたか？　昨日、かなりお疲れだったようなので……」

悠生さんは少しだけ視線をずらすと、コーヒーの入ったカップを口に運ぶ。

「悪いが、あまり記憶にない。よほど疲れていたらしい。……なにか失礼なことをしただろうか」

「いえ、失礼と言われるほどのことは……」

私をベッドに引きずり込んだ話をすべきだろうか。でも覚えていないのにそんな話をしたら、彼を困惑させるかもしれない。

「私も疲れていたので、悠生さんのベッドで眠ってしまったみたいです」

過程は言わずに結論だけ伝えると、悠生さんが訝しげな表情をしてカップをテーブルに置いた。

「……君が特に気にしていないならいいが」

そんなつぶやきが聞こえ、無意識に背を伸ばす。

「それより、大事な話がある」

すっと背筋が冷えるのを感じながらも、この場から逃げ出すわけにはいかず彼の隣に座った。

悠生さんの声は静かだけれど、どこか真剣な響きを帯びていた。

こんな切り出し方をするからには、よほど大切な話なのだろう。その内容に思い当たる節がなくて不安が大きくなる。

「大事な話って……？」

「ああ、俺たちのこれからについて」

喉もとを掴まれたように一瞬息が止まった。悠生さんがなにを話そうとしているのか、様々な想像が頭の中に浮かんでは消えていく。

夫婦でいる期間もずいぶん長くなったし、改めてはっきりさせておきたいこともあるのだろうと、悠生さんの言葉の続きを待った。

だけどそのタイミングで悠生さんのスマホが鳴り響いた。やけに緊迫した着信音は、これまでに一度も聞いたことがないものだ。

私にひと言も言わず、ぱっと立ち上がった悠生さんがスマホを手に取る。その様子から、どうやら恐ろしい事態が起きているらしいと察した。

「――はい」

電話をする悠生さんの表情が厳しい。

そこにいるのは私が知る彼ではなく、自衛官の羽白悠生だった。

「すまない、話はまた次の時に。フィリピンで地震が発生したそうだ。しばらく家を空けることになる」

説明は足りないけれど、言いたいことは理解できた。

「わかりました。なにか食べる時間はありますか？　昨日、おにぎりを作ったんです。もし移動する間にでも食べられそうなら……」

「ありがたい。頼む」

それから悠生さんは五分と経たずに外出の準備を整えた。

アルミホイルにくるんだおにぎりをふたつ渡し、玄関まで彼を見送る。

「帰ったら話の続きをしよう」

「はい。……無事に帰ってきてください」

悠生さんは微かに目を見開くと、一瞬視線をさまよわせた後、私を抱きしめた。

「必ず帰ってくる。……待っていてくれ」

驚いた私をその場に残し、悠生さんは外へ出ていった。

自分の身体を抱きしめ、悠生さんのぬくもりとの違いを噛みしめる。

私のトラウマを知っているはずの悠生さんが、あんなふうにいきなり抱きしめてきた。それほどの事態なのだと思うと恐ろしくなる。

すぐにリビングへ戻り、詳細を知るべくテレビをつけた。チャンネルを回し、ニュースでなんらかの情報が流れていないかを確認する。

「今朝未明、フィリピン中部でマグニチュード7・2の地震が発生しました。多くの建物が倒壊し、住民の避難が進められて――」

これだ、と食い入るようにニュースを見る。現地の様子が映し出され、思わず祈るように手を握っていた。

どうやらまだ私が夢の中にいる時間に、フィリピンで大規模な地震が発生していたらしい。自衛隊医官の悠生さんは、医療チームの一員として災害派遣に向かうのだろう。私が彼と初めて出会ったあの時のように。

無事を祈ることしかできないのがもどかしい。彼が大変な状況だというのに、私はここで待つだけだなんて。

本当になにもできることはないのだろうかと思った時、スマホの着信音が響いた。

画面に表示された名前を確認する前に電話に出る。

『もしもし、律さん。元気にしてた？』

その声は亜香里さんだった。皮肉っぽい言い方は気になるが、今はあまり気にしている余裕がない。

「おかげさまで。どうしたんですか、こんな時に……」

『この間の件、いい加減考えてくれたかと思ってね』

離婚するよう彼女に迫られたのを思い出して、不安が込み上げる。言葉の裏には暗い感情が潜んでいるのが手に取るようにわかった。

『時間なら充分すぎるほどあげたでしょ。それとも、なにも言われないからこのままでいいか、なんて思ってた？』

またこんなふうに言われる日が来るとは思っていたけれど、それがいつになるかまでは考えていなかった。

悠生さんが大変な時だというのに、こんな連絡を受けて小さな苛立ちが芽生える。

「今はそんなことを話している場合じゃありません。悠生さんがどんな状況にあるか——」

『実は私、悠生さんのご両親から正式に結婚相手として連絡をもらっていたのよ』

「え……」

『なのにこっちに戻ってきたら、あなたが奥さんの座に収まってるじゃない。人の夫を横からかすめ取るなんていい度胸よね』

そんな話、悠生さんからはひと言も聞いていない。

だけどもしかしたら、亜香里さんの言葉は本当なんじゃないかという気がする。

彼のご両親は、より悠生さんにふさわしい女性を求めていた。

私との顔合わせでその気持ちを強めた結果、優秀な亜香里さんに息子との結婚を打診した可能性は充分ある。

そういうことをしかねないご両親だからこそ、悠生さんは契約結婚という形で逃れようとしたのだ。

「かすめ取ったつもりはありません……!」

『だけど現実にそうなってる。こんなことなら仕事で忙しい、なんて言ってないでさっさと連絡すればよかったわ。あなたは私が幸せになる邪魔もしてるのね。悠生さんと送るはずだった大事な新婚生活まで奪って。本当に最低』

まだ流れていたテレビを消し、亜香里さんの鋭い言葉を呑み込もうとする。

純粋な敵意を向けられると、こんなにも苦しいのだと初めて知った。

『悠生さんだって言ってたわよ。あなたを放っておけないから、仕方がなく付き合ってるって。どうして解放してあげないの？』

その言葉は想像以上に私の胸に突き刺さった。

悠生さんが亜香里さんと連絡を取り合っているだろうとは思っていたけれど、まさか私のトラウマについて話したのだろうか。

「本当に……悠生さんがそんなことを……？」

『そうよ。私にはなんでも話してくれるから。学生時代からそうだったの。あなたは知らないでしょうけど』

あまりの衝撃に目の前がじわりと滲む。

でも、悠生さんがそんなひどいことをするはずがないと自分に言い聞かせた。

彼はずっと私に対して気遣いを見せ、優しく接してくれた。トラウマの件だって、私以上に真剣に向き合ってくれていたように思う。そんな人が、古い友人だからといってあけすけにすべて話してしまうとは思えない。

「……悠生さんから直接聞くまでは信じません」

『なにを勘違いしてるか知らないけど、そもそも私たちの間にあなたが入ってきたのよ。……ねえ、最近悠生さんの帰りが遅い時はなかった？　朝に帰ってきたり、不規則な時間に帰ってこなかった？　悠生さんのために黙っていてあげようと思ったけど、その日は私と会ってたのよ。この意味、わかる？』

「信じません……！」

もう一度そう告げ、これ以上聞いていたくなくて電話を切る。

泣くつもりはなかったのに、ぼろぼろと涙がこぼれ落ちた。

たしかに、悠生さんはここしばらく不規則な生活が続いている。

彼女の言う通り、朝に帰ってくることも少なくなかった。だけどそれは仕事が理由であって、間違っても――妻以外の女性と過ごしているからではないはずだ。

彼の人柄や仕事に対する誠実さを知っているから、ありえないと言い切れる。同時に、まったくないと言えるほど自分の考えに自信を持てなくて、また涙があふれた。

悠生さんと亜香里さんの間になにかあったかもしれないと思うだけで、こんなにも胸が痛い。苦しくて、つらくて、このまま消えてなくなりたいほど悲しい。

彼女の言葉にここまで傷つくほど、私は深く彼に心を奪われているのだと思い知らされた。

タオルで顔を拭い、深呼吸をして必死に気持ちを落ち着かせる。悠生さんは帰ったら大事な話の続きをすると言っていた。真実はそこで聞けばいい。

問題は、それがいつになるかわからないということだった。

その夜、私はテレビの前に座り、ニュースを見ながらスマホでも災害の情報を追っていた。

大きな地震だというのに、それほど大きく報道されていない。おそらく国内の話ではないからだろう。

悠生さんの無事を祈りながら、ときどき亜香里さんの言葉が頭の中によみがえった。

冷静になった今、我を張るべきではないのかもしれないという思いも生まれている。

私よりも彼女のほうが、悠生さんの奥さんにふさわしいのはたしかなのだ。

彼のご両親に認められているし、悠生さんとも親交がある。

学生時代の友人で信頼している相手だとしたら、悠生さんも結婚を受け入れようとするかもしれない。

むしろ彼女が、今の私のポジションにそのままスライドしそうだ。友人なら私よりずっと〝今の仕事を続けるための契約結婚〟をお願いしやすいだろう。

嫌だと思うけれど、もしそうなったらみんなが幸せだ。

悠生さんは自分の人生を縛らせないための結婚ができるし、亜香里さんは悠生さんと結ばれることができる。

彼のご両親も息子が跡継ぎにならないのはともかく、自分たちが認めた女性を身内と呼べて喜ぶだろう。

私のわがままで、そんな未来をつぶしてもいいのだろうか。

ここで身を引くのが正しいんじゃないかと思った時、ふとテレビ画面にフィリピンの災害現場の中継が流れた。

建物が倒壊し、人々が避難する姿が映し出されている。

そしてその中には、彼らを救おうとする人々の姿もあった。テレビカメラが派遣された医療従事者たちの姿を映し出した時、ふっと頭がクリアになる。

私はなんてつまらないことで悩んでいたんだろう。

悠生さんを始めとして、多くの人が命がけで戦っているというのに、誰が結婚するだの、幸せになるだの、安全圏で呑気な悩みに頭を抱えているなんて。

深く考える前にスマホを手に取る。

私が今やらなければならないのは、亜香里さんの件で悶々と悩むことではなく、傷ついた人々のためになにができるか考えることだ。

胸の内に火が灯るのがわかった。

決意が揺らぐ前に興奮で震える指先を動かして、災害ボランティア団体のホームページを検索した。今回の地震について記載されているものを探し、複数あるホームページのうちのひとつを選ぶ。

私は悠生さんのためになにもできなかった。もし今からでもやれることがあるのだとしたら、それは彼の今日までの思いやりへの恩返しだと思う。

直接的な協力はできなくても、彼がひとりでも多くの人を救うための力にはなれるはずだ。

そう考えて、検索に引っかかったボランティア団体に参加の連絡を送る。

ささやかな悩みに心を乱されている暇などない。

私のこの行動が小さな波紋となって、悠生さんの背中を押す支えになるのを願いながら、すぐに長期で家を空ける支度を始める。

私にはなにもない。だけど前を向いて歩くことができる。

この一歩がきっと私の道を照らしてくれるだろう。

俺がフィリピンへ来てから、どれくらいの時間が経っただろう。

少なくとも何度か朝と夜を迎えている。月日の感覚も鈍るほど忙しいのだと、他人事のように思った。

災害によって崩壊した地域は、目まぐるしい慌ただしさに包まれていた。

目の前で命を救うために懸命に働く医療スタッフたちや、次々に運ばれてくる負傷者や避難民。

仮設の医療施設はすぐにいっぱいになり、刻一刻を争う状況に精神がすり減る者もいた。

いくら訓練や経験を積んでいるといっても、実際の現場の凄惨さにはなかなか慣れない。

《羽白先生、先ほどまた新しい患者が運ばれてきました。かなり大きな裂傷で……》

今回の現場が初の海外での災害派遣となる若い医官から、英語で報告を受ける。

彼もまたひどい状況に心がついていけていないのか、今にも倒れそうな顔色をしていた。

「すぐに止血を。消毒を徹底して行え。感染症のリスクを少しでも下げろ。出血がひどいようなら輸血の準備もしておけ」

迷いなく冷静に指示を出すと、医官の表情が少しやわらいだ。

既に彼は限界が近い。

自分の処置が果たして本当に正しいのか、それさえまともに考えられなくなるほど頭が回らなくなりつつあるのかもしれない。

少し休めと声をかけてやりたいところだが、今は猫の手も借りたい状態だ。気遣っている余裕はない。

医官が足早に立ち去るのを見届ける前に、次の患者のもとへ向かう。

そこには雑に巻かれた包帯を真っ赤に染めた男がうずくまって震えていた。俺が近づくのを察して上げたその顔は、不安と恐怖が満ちている。

《大丈夫か？》

英語で話しかけると、男は微かなうなずきとともにぼそぼそと答える。

《痛い……。でも、先生が来るから大丈夫だって……》

《……ああ、その通りだ。なにも心配しなくていい》

震える男のひと言が胸に沁みた。どんなにつらくても、俺たちは医官として患者に希望を与える立場にある。

ひとつでも多くの命を繋がなくては。その思いが俺を動かしていた。

《すぐに処置をしよう。我慢できそうか？》

《怖いけど頑張るよ、先生》

こうしてひとりと向き合っている間にも、また次の患者が運ばれてくる。ゆっくり丁寧に診る余裕はないが、それでも可能な限り時間をかけた。

無心で患者の包帯を外し、傷の具合を確認してから消毒を施す。

苦悶の声は、もう鼓膜にこびりつくくらい聞いた。

痛みを堪えて歯を食いしばる顔だって、今まで何回見ただろう。

早くこの苦しみから解放して、また彼らが笑って過ごせるようにしたい。そう思うのに、減るどころか増えるばかりの患者の数に焦りが募る。

きれいな包帯を巻きながら、ふと律の顔が頭をよぎった。

今後について話をしたかったのに、できないままここへ来た。

彼女はどんな気持ちで俺を見送ったのだろう。

意図したわけではなかったが、中途半端に不安を煽った形となって申し訳なく思う。

ここへ来てからも、常に心のどこかに律のことが引っかかっている。

彼女に対して感じた気持ちをいまだにうまく言葉にはできないが、それを言葉にして伝えるために、あの家へ帰りたかった。

しかし今は、そんなことを考えている場合ではない。自分のことよりもまず、目の前で苦しむ人々を救わねばならなかった。

《もう大丈夫だ。不安だろうが、気をしっかり持て。いいな？》

《先生、ありがとう。俺、このまま死ぬんだと思ってたよ……》

《君も、ここにいる誰も死なせない。そのために俺たちがいる》

理想論だとは言わせたくなかった。告げた通り、すべての人を救うべく立ち上がる。

次の患者のもとへ向かおうとした時、先ほどの医官が泣きそうな顔で駆け寄ってきた。

「羽白先生、ボランティアの方々が到着しました」

「わかった。状況の報告を行う。君は引き続き患者の対応にあたってくれ」

返事を待たずに災害ボランティアのスタッフのもとへ向かう。

人手は多ければ多いほどいい。味方が到着した安堵から、あの医官も泣きそうになっていたのだろう。

「羽白です、ボランティアの方が到着したと――」

いかにもリーダーらしい四十代半ばと思われる男性に声をかけるが、途中でその先の言葉が途切れた。

ボランティアのスタッフの中に、ここにいるはずのない人の姿がある。

「律……？」

思わずその名前を口にしていた。届かせるつもりのなかった独り言だというのに、名前を呼ばれた律が決意に満ちた眼差しで俺を見つめ、深くうなずく。

「どうして君がここにいるんだ」

「力になりたくて」

律の答えは、あまりにも単純明快だった。

「だが、ここには――」

「誰か、手を貸してください！」

俺が質問を続ける前に、悲鳴にも似た男の声が上がる。すぐに気持ちを切り替えて事態を把握しようとするが、その前に律が動いていた。

「どうかしましたか？」

よく通る声で言うと、律は声を上げた男のもとへ迷いなく駆けていく。視線を追うと、出血した腹部を押さえている患者もまた男だった。

トラウマを克服したのか。

そこに、男との接し方に悩む律の姿はない。かつて災害現場で出会った時と同じように、彼女はきびきびと動いていた。

苦しむ姿を知っているだけに、胸の奥が熱くなる。彼女は自分の中の恐怖を乗り越えて、また過酷な現場に戻ってきたのだ。

律の変化はうれしいが、今は浸っている場合ではない。

表情を引きしめ、改めてこの場の状況を整理すべく俺も自分の仕事にあたった。

◇　◇　◇

目の前に広がる光景は、想像していた以上に過酷で圧倒されそうになった。

瓦礫(がれき)の中から救出された人々が、仮設の医療施設に運ばれていく。

あちこちで叫び声や指示が飛び交い、その場で作業についたスタッフたちは一丸となって対応にあたった。

この場にボランティアとして来たことは、間違いなく私にとって大きな決断だった。

でも、この選択を後悔する日はきっと来ない。

現場では、なにもかもが急を要している。

目の前の命を救うため、すぐに行動を開始した。

《もう大丈夫ですよ。傷の消毒をしましょうね》

泣きじゃくる子どもの前に屈み、優しく英語で話しかける。

英語での会話なんてしばらくしていなかったけれど、過去の知識と経験が私を支えてくれた。

処置を施しながら、思いがけず会えた悠生さんを想う。

まさか現場で会えるとは思っていなかった。

被害に遭った地域は広いし、偶然自衛隊が派遣された場所とボランティアが活動する場所が一致するなんて想像もしていなかったから。

だけど彼の顔を見た瞬間、改めて心が決まった。

悠生さんの存在が私に勇気をくれる。もうなにも怖がる必要はないのだと、自分の中にあった恐怖が取り払われたのがわかった。

悠生さんは過酷な状況に耐えながら、今も患者を救うために動き続けている。

こんな現場ではたとえ子どもの手だろうと借りたいほど忙しいはずだ。元看護師として、自分の持つすべてを発揮しなければならない。

怪我をした子どもの手当てを済ませ、この後どうすればいいのかを説明してから立ち上がる。

その時、視界の先に真剣な顔で患者の処置をする悠生さんの姿を見つけた。

彼がどれほど多くの命をその肩にのせているのか、その重責をひとりで抱え込んでいるのか、想像するだけで息が詰まりそうだった。

きっと私だったら臆病風(おくびょうかぜ)に吹かれてしまうところを、彼はまったく動じずにいる。

悠生さんの表情はいつものように冷静で、頼もしかった。

ときどき彼の出す指示が聞こえてくるけれど、ひとつも無駄がない。

再会した時に感じた安心感を改めて実感するも、あの時とは違う感情が胸の内にあるのも理解する。

私は悠生さんが好きだ。

ただの恋愛感情とはきっと違う。単純な好意を超えて、今はもっと深く、強く彼に対して想いを寄せている。

いつも私を勇気づけてくれた悠生さんの冷静さや思いやり、優しさ。そして今、目の前にある命と向き合う彼の医官としての頼もしい姿。

言葉を重ねずとも、彼の使命感と責任感は働く姿から伝わってくる。

悠生さんを愛しているし、尊敬もしている。だから彼の力になりたい。支えられる人間になりたい。

確固たるものとして息づいた決意は、もう私を迷わせない。

ゆっくりと深呼吸をし、再び作業に取りかかる。

悠生さんに追いつけるように、私ももっと強くならなければならない。

その思いを胸に、患者のもとへ足を運んだ。


ここへ来てからどれだけ時間が経っただろう。休憩をもらい、やっと少しだけ肩の力を抜いて支給された水を口に含む。

目の前ではまだ傷を負った人々が運ばれているし、ボランティアスタッフも忙しなく走り回っていた。休みなく手伝いたい気持ちはありつつも、自分の時間を確保できたことにありがたさを覚える。

「羽白さん、休めてますか？」

声をかけてきたのは、同じボランティアスタッフの男性だ。

彼も私と同じく元医療従事者らしく、自分にもできることはないかと考えて参加したらしい。なにかと同じ作業を割り当てられる機会が多かったのもあり、ほかのスタッフよりも印象が強く残っていた。

「はい、おかげさまで。ありがとうございます」

「こうも忙しいと、自分は力になれているのか不安になりますね」

彼が自分の手を見つめ、小さく息を吐いた。

「わかります。でも、確実に役に立てているはずですよ」

「だったらいいんですが……。ここまで厳しい現場だとは思っていなかったんです。そのせいで、いつもならわかることも頭から飛んでしまったりして」

「冷静に対処するって難しいですよね」

「でも羽白さんは的確に動いていると思います。すごいな」

まっすぐな称賛がくすぐったい。話しながら、こんなふうに緊張せず男性と話せている自分をうれしく思った。こうして頑張れているのも、すべて悠生さんのおかげだ。

「私はもともとこういう現場で看護師をしていたので。ブランクがあるので心配していましたが、ちょっとずつ勘を取り戻してきた気がします」

「ええ？　ブランクなんて全然あるように見えませんよ。まさにスペシャリストって感じで尊敬します」

おどけた言い方につられて笑うと、彼も疲れが色濃く刻まれた顔を緩ませた。

作業中は常になにかに追われるような感覚があったけれど、こんなちょっとした会話で心が軽くなる気がする。

休憩を終えた後も引き続き頑張れそうだと思っていると、不意に視線を感じた。

「律」

そちらを向くと同時に、近づいてきた悠生さんに声をかけられる。

悠生さんの表情は硬く、声も感情を押し殺しているように聞こえた。いつもの冷静な表情の中にわずかな鋭さを感じ、彼をよく知っているはずなのに緊張を覚える。

「お疲れ様です。悠生さんも休憩ですか？」

「……いや」

悠生さんの視線が私からその隣へ移る。彼は私たちが下の名前で呼び合うところから知り合いだと悟ったらしく、悠生さんに目礼をしてその場を立ち去った。

「どうかしましたか？」

「もう完全にトラウマを克服したんだな」

つぶやくように言った悠生さんの表情は硬いままだ。もしかしたら、ずっと働き詰めで疲れているのかもしれない。

「これも悠生さんのおかげです。またこうして現場で働けるようになるとは思いませんでした」

「……俺は君の力になれていたのか」

「もちろんです。むしろ支えてもらってばかりで……。なにもできていなかったのが申し訳ないです」

「なんの冗談だ。君がなにもできていないなんて」

眉根を寄せた悠生さんが言う。

目が合うと、なぜかなにも言えなくなった。

悠生さんも私を見つめたまま唇を引き結んでいる。

ふ、と声が漏れたのはほとんど同時だった。

一瞬で気が緩み、頬の緊張が解ける。悠生さんもまた、眉を下げて微笑んでいた。

「君の顔を見た時、勇気をもらえた気がした」

「私もです。悠生さんがいるならもう大丈夫だと思いました」

同じ気持ちだったのをうれしく思っていると、悠生さんが手を伸ばしてくる。なにかと思いながら目で追うと、目尻の近くを指でくすぐられた。

その甘い感触に胸の奥が震える。

たった一瞬で、彼を好きだと思っている私自身を引きずり出されたのがわかった。

「休憩中に顔を拭っておいたほうがいいな。泥がついていた」

「すみません、ありがとうございます」

ついさっきまで、彼を好きだという気持ちを上手に封じ込めて医療ボランティアスタッフの業務に専念できていた。

なのに今は、すっかりいつも通りの自分に戻っている。

慌ただしく取り出したタオルハンカチで顔をこすると、私の泥を拭ってくれた悠生さんの手を包み込む。

「俺はいい」

「ついでなので。少し屈んでくれますか?」

「……ん」

悠生さんが困惑した様子で軽く頭の位置を下げる。

彼の顔もまた、泥や砂埃で汚れていた。それを丁寧に拭い、ほっと息を吐く。

「これで大丈夫です」

「貸してくれれば自分でやったのに」

「それを言うなら悠生さんだってそうですよ。言ってくれたら、手を汚させずに済みました」

汚れた部位を内側に折り込み、ハンカチを元通りにしまう。

そうしながら時計を確認すると、もう休憩時間が終わりそうだった。

「そろそろ戻らなきゃ」

「ああ、俺も戻る。無理はしないようにな」

「はい。悠生さんも」

そう言って立ち去る直前、後ろから手を引っ張られた。

びっくりして振り返ると、悠生さんが私の指に自分の指を絡めて引き留めている。

だけど、振り返った私と目が合ってすぐに手を放した。

「無理をするなよ」

「それ、さっきも言いましたよ」

「あー……そうだったか」

「二回言うってことはよっぽどなんですね。気をつけます」

くすくす笑いながら悠生さんのもとを離れ、触れた指先を胸に寄せる。

ほんの少し言葉を交わしただけでもうれしかったのに、彼のぬくもりまで感じることができた。十分にも満たない短いひと時がこんなにも元気をくれるなんて思わず、胸の奥に温かな想いが宿る。

この後も頑張ろう。

声には出さず唇を動かし、再び私は現場へと戻った。その先で同じボランティアスタッフのひとりに話しかけられる。

「あの自衛官さん、あんな顔もするんですね」

「え？」

「ずっと怖い顔をしていたので……。向こうでほかの自衛官さんたちも話してたんですよ。『笑ったりするんだ』って」

ゆっくりまばたきをし、笑っただけで驚かれる悠生さんを想う。そういえば、彼は小児科医にはなるなと言われるほど怖い人だと思われているのだった。

「ああ見えて、優しい人なんですよ」

自慢の旦那様です――という気持ちを押し隠し、笑みを返す。

周囲に驚かれるほど笑顔を作らない悠生さんが、私には見せてくれたという事実がうれしかった。

7 帰りたい場所

私がフィリピンでのボランティア活動を終えて日本に戻ったのは、ひと月が経ってからだった。

あの災害の現場は本当に過酷で、身体も精神も限界に近かった。それでも頑張れたのは多くの命を救いたいという気持ちと、悠生さんの存在があったからだろう。

飛行機を降り、久し振りに日本の空気を吸うと自分でも驚くほどほっとした。心のどこかで〝ようやく終わった〟と感じているからかもしれない。

無性に悠生さんに会いたかった。

結局、彼と多少なりとも言葉を交わせたのは初日だけで、後はお互いにそれどころではなかった。それに、自衛隊は私たちボランティアスタッフよりずっと早くに帰国した。

悠生さんが帰国の前日、『また、日本で』とたったひと言を伝えるためだけに、貴重な時間を使って私のもとへ来てくれたのを思い出すと、胸の奥が甘く疼く。

すべてが落ち着くまで一緒に作業をするものだと思っていたけれど、たしかに自衛隊員が何か月も外国で災害派遣に従事するという話は聞かない。

長く国内を離れられないからかもしれないし、支援は何日までと決まっているのかもしれない。

詳細は知らないから、機会があったら悠生さんに聞いてみてもよさそうだ。

そういうわけで、私のほうがずっと長くフィリピンに留まることになっていた。

ある程度覚悟していたとはいえ、連絡も満足に取れないままこんなに長く離れ離れになるとは思っていなかった。

悠生さんはどうしているだろう。そればかりが気になる。

到着口を出ると、すぐに周囲を見渡した。

悠生さんは迎えに来ると言ってくれたけれど、もう来ているのだろうか。

そう思った時、遠くに彼の姿を見つけた。胸の奥が甘く疼き、全身が震える。

悠生さんもまた、私を見つけたようだった。

颯爽と歩み寄ってくる姿につい見とれる。

「……律」

「ただいま戻りました。ごめんなさい、お迎えなんて――」

言い終える前に、なんの前触れもなく抱きしめられた。

驚いて身体が強張るも、これは以前のようなトラウマのせいではない。

まさか彼が人前でこんな行動をするとは思わなくて、動けなくなっただけだ。

「ゆ、悠生さん」

「おかえり。……おかえり」

噛みしめるように言うと、悠生さんは私の肩口に顔を埋めた。その声からは安堵を強く感じ、私もやっと帰ってこられたんだと緊張が解ける。

「君がいない間、どれだけ寂しかったかわかるか」

悠生さんが私を腕の中に閉じ込めたまま言う。

「あの家をあんなに広く感じたのは初めてだ。どこにも君がいないのが、つらかった」

「私、も……」

どうして彼はそんなふうに、切なげな目を向けてくるのだろう。そんな目で見つめられたら、想いを抑えきれなくて泣きそうになってしまう。

「私も寂しかったです。ずっと会いたかった……」

「……ああ」

ぎゅ、と、もうどこへも行かせまいとするかのようにきつく抱きしめ直される。

そして、悠生さんはかすれた声で言った。

「君が好きだ」

なにを言われたのか理解できず、ぱっと悠生さんを見つめる。

「これから先もずっと、君と生きていきたい」

思考が追いつかない私を諭すように、悠生さんが続けて言った。

いろいろな感情が一気に押し寄せてきて、わけがわからなくなる。

どうして、なぜ。そんな疑問が次々に浮かぶ中、私が口にできたのはたったひと言だけ。

「私もあなたが好きです」

ずっと言えずにいた言葉を口にした瞬間、顔を寄せてきた悠生さんに唇を塞がれる。

思わず目を見開いてしまい、私を愛おしげに見つめる悠生さんの顔を直視してしまった。

咄嗟に自分の唇に手を当ててうつむくと、悠生さんが私の背中に回していた腕を離した。そして、気まずそうに顔を覗き込んでくる。

「……悪い。ずっとしたいと思っていたから、つい」

「うれしいですけど、今はだめですよ……」

顔が熱くて悠生さんの顔を見られそうになかった。今、私の頬に触ったらきっと火傷(やけど)するに違いない。

「私、帰ってきたら離婚の話をするんだと思っていたんです。大事な話をしたいと言っていたので」

「今後の話をしたかったんだ。君を好きだと気づいたから。……告白するなら、トラウマの克服は必須だろう？　だから今後は、もっと訓練に力を入れていこうと言いたくて」

悠生さんが私の荷物を代わりに持ってくれる。

結構な重さだというのに、たくましい腕はものともせずに持ち上げた。

「ひとまず疲れただろう。帰ろう、俺たちの家に」

我が家と思えるようになった家に帰ってくると、まずなによりも先にお風呂に向かった。

気をつけていたつもりではいるが、どうしても衛生関係は日本と外国で事情が違う。ましてやあの環境で贅沢などできるはずもなく、ひと月ぶりにゆっくりとお風呂につからせてもらった。

ひと息ついてから、お世辞にもきれいとは言い難い身体を抱きしめられ、キスまで

された と気づいて恥ずかしくなる。

さっぱりした後は着替えをし、お気に入りのヘアオイルを使って髪を乾かしてからリビングに向かった。

待っていた悠生さんが、私の手を引いてソファに座らせてくれる。

こんな短い距離でもエスコートしてくれるなんて、とおかしくなった。

「やっと帰ってきたって感じがします」

悠生さんにもたれて言うと、長い指が私の顔の横にかかった髪に絡んだ。

「俺もそんな気分だ。……君の香りがこんなに愛おしいなんて知らなかった」

どき、とした私にかまわず、悠生さんは指に絡めた髪に顔を寄せる。

バーベナの香りをたしかめているのだと思うと、落ち着かない気持ちになった。

「本当は、ずっと前から君に惹かれていた。トラウマを克服するまでは我慢するつもりだったのに……ボランティアスタッフの男性と話していただろう？ 正直、焦った」

ああ、といつの話なのかすぐに納得する。

「俺は君の男性恐怖症を知っている。フィリピンに来た時点で克服できたらしいというのは察したんだが……無意識に、あの距離は俺だけに許されたものなんだと思い込んでいた。だから、君が平然とほかの男と話しているのを見て嫉妬してしまった。……疲労もあって心の余裕がなかったんだと思う。こんなことなら、のんびりかまえていないで早く告白すればよかったと悔やんだよ」

頬を両手で包み込まれて息を呑む。甘い眼差しと手の感触で溶けてしまいそうだ。

「君を俺だけのものにしたい」

そう囁き、悠生さんが私の指に唇をのせる。

「ここに触れるのも、俺だけにしてくれ」

再びこくりと息を呑んだ私に、悠生さんが顔を寄せた。キスをする直前で止まると、そのまま優しく告げる。

「君を愛している」

私が悠生さんの背に腕を回すと、彼も同じようにした。

後頭部に添えられた手に引き寄せられて唇を重ねると、空港でした時よりもずっと心が震える。

あの時は触れるだけで済ませたキスが、今は物足りなさを訴えるように深まった。

触れられていなかった頃より、触れ合える今のほうが焦れた気持ちになるのはどうしてだろう。もっともっとと、自分が欲張りになるのを感じる。

悠生さんの胸に身をゆだね、そのぬくもりに浸って目を閉じた。キスの温かさが時間を忘れさせてくれる。

悠生さんの唇が私の唇を包み込み、濡れた感触を残して離れてから再び重なる。

探るように唇を割った舌を受け入れると、口内を撫でられた。

キスに慣れず戸惑う舌をすくい取られ、絡められて吐息が漏れる。

「もっと、ください」

ほう、と息を吐きながら懇願すると、至近距離で悠生さんが口もとを緩めた。

「俺の台詞だ。……君が足りない。もっと欲しい」

言葉を交わす時間がもったいないとでも言うように、悠生さんは角度を変えて繰り返し私にキスをする。

ずいぶん前に悠生さんに触れた時は震えた手が、今はトラウマからではなく喜びに震えていた。愛おしい気持ちがあふれて止まらない。

悠生さんに愛される喜びを全身で感じ取る。

息を乱しながら唇を離すと、悠生さんが私の額に口づけを落とした。

唇を重ねるキスでなくても心が蕩けるのだと知り、また頬が熱くなって身じろぎをする。

「渡すのが遅くなったな」

微笑した悠生さんが私の手に小箱を握らせた。

以前もらったブレスレットの箱より小さく、正方形だ。それがなにかを悟り、悠生さんを見つめてからそっと開く。

美しい結婚指輪だった。

ウエーブ状のデザインで、中央にはダイヤモンドがひと粒。小粒だが存在感があり、穏やかな照明の下でやわらかく輝いている。

まるで星明かりのようだ。どこか儚げなのに、強い光を放っている。

無駄のない洗練された美しさは、悠生さんらしいセンスだと思った。

「指輪……必要ないからしないのだと思っていました」

「違う。完全に頭から抜けていたんだ。すまない」

「……いつか離婚するから、わざわざ買う必要もないと思っていたんです。でもやっぱり、あるとうれしいですね。本当の夫婦になれたからかもしれませんが」

これからはずっと私の左手の薬指を飾ってくれるものなのに、目に焼きつけたい気がしていつまでも指輪を見つめてしまう。

「……ああ、そうか」

不意に悠生さんが言ったのが聞こえ、なにごとかと思ってそちらに顔を向ける。

それとほぼ同時に私の手を握った悠生さんが、指輪が入っている小箱を優しく取り上げた。

「気がつかなくて悪かった。こうすべきだったな」

「あ……」

そっと指輪を薬指にはめられる。

悠生さんが大切そうにつまんでいる時は小さく見えた指輪が、私の指に収まるとちょうどいいサイズに見えるのがおかしかった。

「私……そんなつもりで見ていたわけじゃないです。すごく素敵だな、と。目に焼きつけないともったいない気がしてしまって」

「あ、そうだったのか。じっと見てるから、〝はめてくれないのかな〟と思っているものだと……」

お互いにすれ違っていたのを知り、顔を見合わせてくすくす笑う。

「はめてもらわなくても気にならなかったです。だけど、はめてもらったほうがうれしいって今わかりました」

「困ったな。うれしそうな顔で言われたら、もう一回やりたくなる」

指輪をはめた左手を大きな手で包み込まれると、ぬくもりと一緒に幸せが伝わってきて広がる。

「でも、あれだな。外して、またはめて……っていうのは少し間が抜けているか」

「悠生さんにされたらなんでもうれしいです」

「かわいいことを言うんじゃない」

悠生さんが指で私の薬指にはまった指輪を撫でた。

そこにお互いを繋ぐ印があるのをたしかめるような触れ方が、私の胸を騒がせる。

「ありがとうございます。……なんて言ったらいいんだろう。うれしすぎていい言葉が思いつきません」

「言葉はなくてもいい。……もう一度キスをしてくれたら、それで」

甘い誘惑に抗(あらが)えるはずもなく、悠生さんに顔を寄せて自分からキスをする。

「誰かとキスできるようになる日が来ると思っていませんでした」

「ほかの男とはできないままでいい」

真面目な顔で言うと、悠生さんは私の頬に手を添えて唇をついばんだ。

「これから一生、君にキスをする男は俺だけだ」

「……はい」

もうキスの時間は終わりだと思ったのに、悠生さんはまた唇を重ねてくる。その勢いに押され、うっかりソファの上にひっくり返ってしまった。

「悪い」

すぐに私を抱き起こそうとした悠生さんが覆いかぶさってくる。そして、その体勢のまま止まった。

「ひとつ、確認したい」

「なんでしょう……？」

「……今夜一緒に寝たいと言ったら、応えてくれるか？」

その言葉の裏には、私を気遣う響きがあった。トラウマを克服してなお、思いやってくれる悠生さんを愛おしく思う。

「言ってくれなかったら、私から言うつもりでした」

きっと今、私の顔は真っ赤になっているだろう。だけど気持ちは伝わったはずだ。

「じゃあ、今夜は一緒に寝よう」

私を抱き起こしてくれないまま、悠生さんが頬にキスをする。

「覚悟しておいてくれ。朝まで君を離さないつもりだから」

艶めかしい瞳に囚われて、まだキスしかされていないのに頭がくらくらした。

手のひらを重ねられ、指を絡められてソファに縫い留められる。

長身の悠生さんに押さえ込まれると、もう私は身動きを取れなかった。

何度も繰り返されるキスから、彼の深い愛情と独占欲を感じる。キスで私に自分の熱を刻み込んで、誰にも渡さないと主張しているかのようだ。

「ベッド……行かないんです、か？」

「……後でな」

今は移動する時間さえ惜しいと、短いひと言がわかりやすく伝えてくる。

直後、初めて肌に落ちたキスは私の唇から甘く濡れた声を引き出した。


後でと言った通り、悠生さんはちゃんと私を寝室へ運んでくれた。まさか横抱きで――いわゆるお姫様抱っこで運ばれるとは思わなかったけれど。

ベッドに横たわった私の上に悠生さんが緊張した様子で覆いかぶさった。

お互いに、まばたきもせず見つめ合う。

『……今夜一緒に寝たいと言ったら、応えてくれるか？』

『言ってくれなかったら、私から言うつもりでした』

さっきまでの私は、なんて大胆だったんだろう。

彼を誘う？　できるはずがない。だって見つめ合うだけでもこんなに心臓がうるさく高鳴っているのだから。

「緊張しているな」

長い指で頬をくすぐられて胸の奥が震える。

「悠生さんだって……いつもと雰囲気が違います」

「当然だ。恋愛なんて興味がなかったのに、今は君のことしか考えられない。俺をこんなふうに変えた責任を取ってくれ」

指で触れた場所に今度は唇が触れた。

ぴくりと反応した私にはかまわず、悠生さんがいくつもキスを落としてくる。

「ん……」

「もう、怖くないか？」

気遣わしげに尋ねられて、改めて彼が好きだと実感する。

「はい。……どきどきしすぎて怖いというのはあるかもしれませんが」

「じゃあ、この先はもっと怖くなるかもしれないな。君を夢中にさせるつもりでいるから」

首筋にも唇が触れ、思わず身じろぎしてしまった。

指で触れられるのと、唇で触れられるのは全然違う。

自分の弱い場所を暴かれているような気になって、逃げ出したくなった。

ぎゅ、と目を閉じて悠生さんのついばむようなキスを受け入れていると、不意に鎖骨にぴりりとした痛みが走った。

驚いて目を開けると、なにやら悠生さんが満足げにしている。

「こっちにも痕をつけていいか？」

「み、見えちゃいます」

「見せつけたい。君がここまで許す男は俺だけなんだと自慢したいから」

「あっ……」

止める間もなく、胸もとにもう少し近づいた場所を軽く吸われた。

先ほども感じた小さな痛みは、今やぞくぞくする刺激に変わっている。

「自慢したいの……私も、です」

「ん？」

「恋愛……興味なかったんですよね。そんな悠生さんにキスしてもらえるのは、私だけだって……自慢したいです」

「君は俺の理性を揺さぶるのが上手だな」

壊れ物を扱うように、そっと服を脱がされていく。

「男に慣れるための特訓をしている時もそうだった。だめだとわかっているのに、君を意識して仕方がなかったんだ」

「知らなかったです……」

「よかった。……俺も触れたいと思っていたことを知られたくなかったから」

悠生さんの前にすべてをさらけ出すと、恥ずかしくてたまらなくなった。だけど今は、顔を隠せばいいのか、身体を隠せばいいのかわからない。

悩んでいる間に、悠生さんのキスが落ちた。

やわらかなふくらみを唇で優しく甘やかされ、お腹の奥に疼きが溜まっていく。

男性と肌を重ねた経験はないのに、この疼きと熱をどう発散すればいいのか本能が知っていた。

だからなのか、悠生さんが欲しいと焦燥感にも似た思いで頭を支配される。

「……ん、ぅ」

「声、出してもいいんだぞ」

「わ……わからないです、声の出し方なんて……」

「じゃあ言い方を変えよう。……我慢しなくていい」

「っあ！」

下腹部に下りた手が足の間に潜り込んで、その奥を軽く指で引っ掻いた。

びっくりして腰を引くと、悠生さんが太ももの間に膝を割り入れてくる。

「ま、待ってください！」

「この状況で止めるのはなかなかひどいな。でもいいよ。君の心の準備ができるまで待とう」

苦笑しながらも頬を撫でてくる悠生さんに言われ、この人は本当に私を大切に思ってくれているのだと理解した。

もう大丈夫だと伝えたのは私なのに、それでもまだ待ってくれる。この思いやりを愛と呼ばないなら、なにを愛と呼ぶのか私にはわからない。

「やっぱりいいです……待たないで……」

本当は恥ずかしいけれど、悠生さんを待たせたくない気持ちが勝った。

「だから、かわいいことばかり言うな。次は待てと言われても止められないかもしれない。……でも、君に振り回されるのは幸せだな」

誰にも許したことのない場所に触れられ、愛でられ、溶かされる。

幸せなのは私のほうだ。愛される喜びをこんなにも全身で感じることができるのだから。

「悠生さん……好きです……」

「……かわいい。俺も好きだよ」

唇を重ねるだけでは足りなくて、手のひらも重ねる。シーツに縫い留められた手をぎゅっと繋ぐと、心も繋がった気がした。

＊　＊　＊

目を覚ますと、肌に感じるぬくもりが心地よかった。ゆっくりとまぶたを開けると、目の前に悠生さんの寝顔がある。

穏やかな寝顔は、災害現場で見た冷静で厳しい表情とはまるで違っていた。無防備で安心しきった表情に、胸がきゅんと疼く。

息を潜めてその顔を見つめ、軽く頬にキスをしてみた。

昨夜、私たちは言葉を忘れて気持ちを通じ合わせた。

『そんなかわいい声で俺を呼ばないでくれ。優しくしたいのに』

『……好き、は？　もっと聞きたい』

『ここも、ここも。……俺にしか触れさせるなよ』

悠生さんの甘い声が脳裏によみがえって、頬に熱が集まる。

何度も愛を囁かれ、抱きしめられて肌を重ねたあの瞬間、自分は今まで生きてきて本当の喜びを知らなかったんじゃないかと錯覚するほどの多幸感に包まれた。

愛おしさが止まらなかったのは彼も同じだったようで、経験のない私を労(いた)わりながらもじっくりと甘やかしてくれた。

『あと何回、かわいいと言っていいんだ？』

私の腰をくすぐるように撫でながら言った悠生さんは、少し意地悪な顔をしていた。

あまりにも繰り返し『かわいい』『好きだ』と言うものだから、ほどほどにしてほしいと懇願したのだ。

『言われてうれしいくせに』

初めて見る意地悪な表情は、簡単に私を溶かした。

心も身体も悠生さんに夢中になってしまって、どんなふうに乱れたのかもう思い出せない。というより、恥ずかしすぎて思い出したくない。

トラウマもあって男性を受け入れたのは初めてだったけれど、想像していた痛みはまったくなかった。

ここでも気遣いを発揮してくれた悠生さんが、とろとろになるまで甘やかしてくれたからかもしれない。

そのせいでしばらく彼の顔を見られないんじゃないかと思うほど、恥ずかしい思いをしたけれど。

なにもかもが幸せで、まだ夢を見ているような気になる。もしそうならこのまま覚めないでほしいと思っていると、悠生さんが身じろぎをした。

まぶたをわずかに動かし、深く息を吸い込むのを間近で見つめる。そうしていると、悠生さんの腕が私を抱き寄せた。

「……おはよう」

昨夜の甘い熱を残した低い声は少しかすれている。それが逆に彼の色気を引き立てているようでどきりとした。

「おはようございます」

視線を交わすと、悠生さんが少し笑った。

「今まで生きてきて一番幸せな朝だな」

私の唇をついばんで言った悠生さんが、弄(もてあそ)ぶように私の髪を指に巻きつける。

「……私もです」

悠生さんの表情が優しすぎて、本当に幸せだと思っているのが伝わってきた。

胸が温かくなると同時に、恥ずかしさも込み上げる。

「このままベッドから出られなくなりそうだ」

すり寄ってきた悠生さんに頬をついばまれた。くすぐったさに身じろぎをした時、ぴぴっと微かな電子音が響く。

それを聞いて、すぐに悠生さんが身体を起こした。

甘い空気が一気に消え、自衛官としての一面が顔を覗かせる。

だけど、スマホを確認した悠生さんはなぜか顔をしかめた。

「またか」

「お仕事ですか？」

「いや、亜香里だ」

その名前を聞いた瞬間、心臓が止まりそうになった。

彼女から連絡がくるなんて、ようやく手に入れた幸せに影が差したように思えてならない。

「またって……どういうことですか？」

「今までにもたびたび連絡があってな。大抵は会って話そうというものだったんだが」

心臓が嫌な音を立てる。

「既婚者に連絡するようなことじゃないだろう。どちらにせよ会うつもりはなかったから、ずっと断っていた。こういう連絡はやめてくれ、とも言ってある」

やや不快感を滲ませた声から、彼が嘘を言っていないことがわかる。

悠生さんは曖昧に濁して誤魔化すような人ではないだろうし、困っていると感じたならちゃんと彼女にも言ったはずだ。

ため息をつきながらも、律儀にメッセージを確認した悠生さんの眉間に皺が寄る。

「……なんだ、これは」

「見てもいいですか……?」

「見ないほうがいい」

悠生さんはそう言ってくれたけれど、なんとなく彼女がどんなメッセージを送ったか想像できるような気がして、首を左右に振る。気が進まない様子の悠生さんからスマホを受け取り、亜香里さんが送ってきたメッセージを見せてもらった。

【ごめんなさい。言うかどうか悩んでいたんだけど……。あなたが災害派遣に行っている間、律さんが知らない男性とホテルへ行くところを見てしまったの。この間も同じ人といるところを見たから、連絡しなきゃと思って】

私が彼女の要求に応えなかったから、こうして悠生さんに言っているのだろう。だけどこれが真っ赤な嘘であることを、悠生さん自身がよく知っている。

「俺の勘違いでなければ、君とはフィリピンで会ったな」

「勘違いではないですね……。渡航履歴もありますし、ボランティアスタッフとして参加した証拠も出せますが……」

「出さなくていい。……いったいどういうつもりなんだ」

そうつぶやいてから、悠生さんは私に目を向けた。

「亜香里となにかあったのか？」

その質問が私の胸に深く響く。言葉を呑み込むように、しばらく黙っていた。

たしかに嫌な思いはしているけれど、彼女は彼の友人だ。今回は彼女が自分からおかしな嘘をついていると悠生さんに伝えた形になるが、だからといって告げ口するようなことをしていいものか。

「この連絡がなくても俺が信じるのは君だ。もし俺の知らないところでなにかあったのなら教えてくれ。……亜香里が君を傷つけているのだとしたら、許すつもりはない」

悠生さんの優しさに涙が込み上げそうになった。

私を信じてくれている彼に対して、これ以上黙っているのは不誠実だと、口を開く。

「実は……以前から、私にも連絡がありました。悠生さんと離婚するように、と」

「あいつがそんなことを？」

「悠生さんと会っているとも言っていました。私とは仕方がないから付き合っているだけだって、愚痴を言ってもらっているようなことも。……だから私、男性恐怖症の件を亜香里さんに話したのかと」

「言うはずがない。たとえ君でなかったとしても、俺を信じて明かしてくれたプライベートな悩みを人に言えるか」

「わかっています。なにかの間違いだって」

悠生さんは自衛官であり、医師でもある。

国家の機密を守り、患者のプライバシーを厳守するのが当然の彼が、私のトラウマを口にするはずがない。どうしてあの時、一瞬でも悠生さんを疑えたのかと思うほど、今はすんなりその考えに至る。

「彼女とふたりきりで会うようなことは一度もしていない。……両親の件もあったからな」

「え？」

「実家に呼び出された日があっただろう。あの時、『もっとふさわしい女性を用意する』と改めて言われたから、本気でやるなら絶縁すると言ってきた」

そんなことがあったのかと衝撃を受ける。悠生さんとご両親の間になにがあったのか、今日まで私は知らなかった。

私に対して不満があったようだったのに、ずっとなにも言ってこなかったのは彼の絶縁宣言が効いたのだろうか。

「そのふさわしい女性とやらの話のタイミングで亜香里が現れたから、もしかしたら彼女にも声をかけたんじゃないかと。彼女は医学部でも成績優秀者として有名だったからな。常に優秀な医師を引き抜こうとしている両親の目にも留まっていたはずだ」

「たしかに、亜香里さんは悠生さんのご両親の話をしていました。私が結婚する以前から、結婚相手として連絡をもらっていたそうです。……それを聞いて、私と違って彼女はご両親に認められたんだなと……胸が痛くなりました」

険しい顔をした悠生さんが、再度息を吐いた。

そして、私を労わるように撫でる。

「連絡自体はありえない話じゃないが、その方向で縁談が進んでいたら俺の耳に入っている。……それも嘘だな」

この瞬間まで悠生さんは友人を信じていたに違いない。何度断っても接触したがる彼女からの連絡を、今まで拒否していないのがその証拠だ。

「本人から話を聞く必要があるな」

「私ももう終わりにしたいです。ちゃんと、悠生さんと一緒に生きていきたいから」

ぎゅ、と自分の両手を握りしめてうつむく。

「ずっと逃げてきたから、もう逃げません」


数日後の土曜日を迎え、私と悠生さんはホテルのロビーに来ていた。悠生さんのほうから会って話をしたいと伝えると、彼女がこの場所を指定してきたのだ。

そして私は、悠生さんに同行させてほしい旨を伝えていた。

手が震えるのを感じながら、彼女が現れるであろうエントランスの扉を見つめる。

やがて、まるでドレスのようなブルーのワンピースに身を包んだ亜香里さんが現れた。

いざその時が来ると、予想していた以上に緊張する。

「どうして律さんがいるの？」

開口一番、彼女は私を睨んで言った。

私がここにいることこそ、彼女の嘘が暴かれる証明にほかならないのだが、それをまだ理解していないようだ。

「君に今一度理解してもらいたくてな。俺たちの関係は今後なにも変わらないということを」

「……なにを言ってるの？　教えたじゃない。その女があなたの知らないところでどうしていたのか」

悠生さんは私に確認の視線すら送らなかった。亜香里さんの言うことはすべて嘘だと、もう知っているからだろう。

「証拠もあるわ。あなたが災害派遣に行っていた時期に、ほかの男と一緒に過ごしていたのよ。ホテルでひと晩過ごしたり、食事をしたり。家にだって連れ込んだところを見たんだから」

「証拠というのを見せてもらいたい」

「……今、ここにはないわ。でも必要なら帰ってからすぐに届けるから」

てっきり、この場に証拠を持ってきていてもおかしくないと思っていた。私が不倫をしている件で会うことになったのだから、悠生さんの信用を得るためにそのくらいは用意するのかと。だけど、どうやら違ったようだ。

「悠生さん、あなたはこの女に騙されてる。そもそも、よく考えてみて？　その辺の一般人が羽白家の後継者と結婚するなんてできすぎよ。きっとあなたの財産を狙っているんだわ」

「それは君のほうだろう」

それ以上聞いていられないといった様子で、悠生さんが顔をしかめる。

「律に不倫できるはずがない。彼女は俺が災害派遣に行っていた時期、同じ場所でボランティアスタッフをやっていたんだからな」

「え……」

まさかそんなカウンターが返ってくると思っていなかった亜香里さんが、顔面を蒼白にして絶句する。だけど、それくらいではまだへこたれないようだった。

「その証拠こそあるの？　そう言っているだけかも」

「現地で会って話をした。帰国時に空港まで迎えにも行っている」

これは、どんな証拠よりも強力だとひそかに思う。

亜香里さんのこの様子なら、渡航履歴やボランティアスタッフに参加したという証明書を出しても文句を言いかねない。いくらでも偽造できる、と私を罵（ののし）る姿を想像するのは難しくなかった。

「私はあなたの幸せを考えているだけよ。わかるでしょう？」

分が悪いと悟ったのか、亜香里さんが猫撫で声で言う。悠生さんの表情は一瞬も揺らがない。それどころか、彼女に軽蔑と失望の眼差しを向けた。

「俺の幸せの中に君はいない。……俺たちの関係は変わらないと言ったが、間違いだな。これまではいい友人だったが、これからはもう違う」

「待ってよ。そんな女より私のほうがずっとふさわしいの。あなたにも、あなたの実家にも！　そいつはなにもできないのよ！　私だったらもっと……」

「俺は律がどれほど努力家なのかを、誰よりも知っている」

きっぱりと悠生さんが言い切ってくれたのを見て、私もなにか言わなければという気になった。

「私、亜香里さんを尊敬していました。私にできないことをなんでもこなせるから、憧れのようなものを感じていたんだと思います」

男性を前に動けなくなった私の代わりに、彼女は率先して行動した。

悠生さんのご両親からも気に入られていて、同じ医師として悠生さんを支えられる完璧な人だと、本当に心から羨ましく思ったのだ。

「でも、今は違います。私にだってやれることはあります。ふさわしくないというなら、そうなるための努力を続けます。――悠生さんを愛しているから」

もう彼女からは逃げない。彼女の心ない言葉からも。

「後悔することになるわよ。私には医療関係の知り合いがたくさんいる。いくら羽白家の長男だからって、見逃してもらえるとは思わないことね。あなたのせいで羽白家は医療業界から爪弾きにされるのよ」

ついに亜香里さんは、悠生さんにも攻撃の矛先を向けた。

自分のものにならないなら、もう必要ないと切り捨てることにしたのだろう。

「好きにしろ。そんな子どものケンカを業界に持ち込んで恥ずかしいと思わないのなら な」

「子どものケンカですって……？」

「そうだろう。個人のくだらない感情でよく優秀な医師を爪弾きにしようと思えるな。君のその行動ひとつで、どれだけの患者が苦しむと思う。自分がやろうとしていることの意味もわからないなら白衣など着るな。君に人の命を預かる資格はない」

悠生さんにしては攻撃的な物言いだった。

付き合いが長い分、亜香里さんも気づいたようで顔色が変わる。

「どうしてそんな……私はただ……あなたのことが、ずっと……」

「俺が愛しているのは律だけだ」

亜香里さんが目を大きく見開き、信じられないといった様子で息を呑んだ。

「私のほうが悠生さんをよく知ってるのに」

「知ったうえでやったのが、俺の愛する人を傷つけることか？」

「私……私、そんなつもりじゃ」

「律にしたこと、言ったことを謝るんだ」

すがるように自分を見る亜香里さんを前にしても、悠生さんは一切容赦しなかった。

するとと、亜香里さんはすぐに表情を変えて苛立たしげに息を吐く。

「どうして謝らなきゃいけないの？　私はただ事実を伝えただけ。それで勝手に傷ついただけじゃない！」

ぐ、と悠生さんがこぶしを握りしめるのが見えた。

長年友人だった相手に、きちんとけじめをつけてもらいたかったのだろう。だけど彼女の態度を見る限り、それは永遠に望めない。

「謝るつもりはないんだな」

「そんなに謝ってほしいなら、謝らなきゃならないようなことをしてあげようか？　おとなしく身を引いておけばよかったって後悔するくらい、人生をめちゃくちゃにしてやるんだから」

「……もう、わかった」

悠生さんはため息交じりに言うと、持っていたバッグの中から封筒を取り出した。

今日のためになにか用意しているのは知っていたけれど、それがなんなのかは聞いていなかった。

亜香里さんも封筒を見て訝しげな顔をする。

「なによ、それ」

「……君についての調査報告書だ」

「どうしてそんなもの……！」

いつの間に亜香里さんを調査していたのか、私もまったく知らなかった。

「まだ調査途中だが、現時点でわかるものだけを調査員に送ってもらった。もし君が今日、まだ律に手を出すつもりでいるなら使おうと」

そこまで言って、悠生さんが視線を伏せる。

「この場で武器になるような報告が上がらなければいいと思っていた。……だが、君の顔を見る限り、知られて困るような心当たりがあるようだな」

悠生さんの言う通り、亜香里さんは絶句しているだけでなく、ひどく焦っているように見えた。

「ど、どうしてそんなもの……」

「まだわからないか？　どんな手を使ってでも律を守ると決めたからだ」

はっきりした悠生さんの声が胸に響いた。

亜香里さんが複雑そうな目で私を見る。

「……亜香里さんの言うことを正しいと思った時もありました。ううん、今でも正しいのかもって思っています」

私だけ黙っているのは違う気がして、口を開いた。

「だけどそのうえで、悠生さんのために頑張りたいんです」

もう一度、先ほども伝えた自分の気持ちを亜香里さんに投げかける。

亜香里さんは、しばらく私を見つめたまま黙っていた。様々な感情を宿した瞳から涙がとめどなくあふれて、彼女の頬を濡らしていく。

やがて、亜香里さんが声を震わせながら小さい声で言った。

「……そんなにもあなたが大切なのね」

なにも言えずにいると、亜香里さんは自分の目もとを袖で拭った。

「悠生さんに愛されるあなたが羨ましい」

苦々しげに、それでいて寂しそうに言った亜香里さんが私たちに背を向ける。

悠生さんは彼女に声をかけなかったし、亜香里さんも改めて悠生さんに言葉を残さなかった。

亜香里さんがその場を立ち去ると、悠生さんが目を細めて言う。

「もう誰にも君を傷つけさせない」

「ありがとうございます。本当に……」

信じてくれたこと。私を守って亜香里さんと戦ってくれたこと。私の努力を知っているといってくれたこと。

そのすべてがうれしすぎて、月並みな感謝の言葉しか出てこない。

亜香里さんの計画は無駄に終わった。

なにかがひとつ違えば、私たちはお互いを疑っていたかもしれないけれど、奇跡的にピースが噛み合ったおかげでそうはならなかった。

「お疲れ様でした」

「ああ、君も」

悠生さんが私に手を差し出した。

今はなんの抵抗もなく触れられる手を取り、並んで歩き出す。

亜香里さんを思うと胸が痛んだけれど、それ以上に安堵の気持ちが強い。

「これでなんの心配もせずに夫婦でいられますね」

「いや、まだだ」

「え？」

思わぬ返答に足を止めてしまう。

悠生さんは私を見下ろし、苦い顔で言った。

「両親の説得が残っている」

8ふたりで生きていくために

翌日、悠生さんとともに彼の実家へ向かった。

事前に話を通していたようで、以前と同じ部屋に通される。

そこには初めて会う男性の姿があった。

「弟の康生だ」

私が尋ねる前に、悠生さんがこそっと言う。

悠生さんに似ているが、もっと温厚そうな顔立ちだ。

顔の骨格は兄に似てシャープで、無駄のない顔というのがぴったりだ。悠生さんよりも優しい印象を与える理由は目もとと表情だろうか。彼の瞳は兄と違って冷たさがなく、どこか温かみがある。常にやわらかい笑みを浮かべているのも、基本的に無表情を貫く兄とは大きく違う点だった。

「初めまして、羽白康生です。律さんのお話は兄から聞いています。同い年だそうで」

「そうなんですね。よろしくお願いします」

声も康生さんのほうが温かみがある。

悠生さんが小児科医に向かない医師なら、彼は小児科医が天職と言ってもよさそうだ。以前、心臓外科医だと聞いたから、残念ながら子どもたちと接する機会はそう多くないだろうけれど。

それでも彼のこの温かさは、不安を感じる患者たちの心をやわらげて安心させるに違いない。

私と悠生さんが椅子につく前に、康生さんがさらに続ける。

「首藤さんからいろいろ話を聞いてたよ。律さんについて」

「信じていないとは思うが、律に対する話は全部嘘だ」

すかさず悠生さんが言うと、康生さんは肩をすくめた。

「律さんのことだけじゃないでしょ。あの人、前から兄さんのことも好き勝手言っていたよ」

以前は威圧感さえ感じた悠生さんのご両親が、今日は妙におとなしい。

「既にコピーは送っておいたが、その様子だと目を通したようだな」

悠生さんはそう言って、以前亜香里さんに見せたものと同じ封筒をテーブルの上に置いた。

「俺も見せてもらったよ。兄さんたちを待とうかと思ったけど、そのほうが話が早そうだしね」

康生さんが軽く肩をすくめて言う。

「俺と結婚させようとしていた亜香里の調査報告書だ。……そういえば律には見せていなかったな。見ていいぞ」

「……はい」

見るのが怖い気もしたけれど、封筒を手に取って中身を確認してみる。

それは、悠生さんが言うように亜香里さんについてまとめたものだった。

論文の剽窃(ひょうせつ)や、代筆。学会で発表した内容は、他人の研究内容だという証拠だ。

「悠生さん、これって……」

「万が一のことを考えて調べてもらっていたんだが、知りたくなかったな」

私も悠生さんと同じ気持ちだった。

倒れた人を見て咄嗟に動いた彼女は、こんな不正に手を染めるような医師に見えなかったから、余計に悲しくなる。

他人を貶(おとし)めるようなことをしなくても、きっと優秀な人だったはずだ。まっとうにやっていれば、いくつも成果を出していただろうと思うと切ない。

「それ、使うの？」

康生さんに尋ねられ、悠生さんが首を縦に振る。

「しかるべきところに、この報告書は提出させてもらう。……彼女は人の命を預かる仕事に就くべきじゃない」

人を救う現場で会ったからこそ、亜香里さんにはまだ可能性があると思ったけれど、私自身も医療現場にいた人間だから悠生さんの気持ちも理解できてしまう。

康生さんは悠生さんの言葉を聞いて、納得したようにうなずいた。

「力になれることがあったら言って」

「ああ、頼む」

書類を封筒に戻し、悠生さんに返した。

受け取った悠生さんが、封筒を手にしたままご両親に目を向ける。

「これを見て、なにか言うことはあるか？」

「……見る目がなかった、というのはよくわかったわ」

「そうか。亜香里のことで釘を刺しにきたつもりだったが、もう必要なさそうだな。これからは俺の知らないところで、勝手に跡継ぎだの結婚だのと話を進めないでくれ」

「心配しなくても、もうそのつもりはありません」

悠生さんは、母親がきっぱり言い切ったのを見て驚いたようだった。訝しげに眉根を寄せ、探るように母親と父親を見比べている。

「どういう心境の変化だ？　てっきり今日はまた揉めるんだと思っていたのに」

「この間、フィリピンで地震があったよね。テレビでやっていたニュースに、兄さんが自衛隊員としてフィリピンに派遣された姿が映っていたらしいよ」

横から康生さんが口を挟んで説明する。

「すごい偶然だと思うんだけど、映ってたのは兄さんだけじゃなかった。律さんもいたんだって」

「えっ、私もですか？」

「ええ、そうです」

義母がうなずき――妙に優しい目を私に向けてくる。

「現地の状況を伝える報道番組に、あなたが映っていたんです。素晴らしい手際でした。もともと看護師だったと聞いていましたが、その時の経験ですか？」

どういった意図での質問かわからなくて、どきどきしながらうなずきを返した。

「そうです。ブランクがあったので心配していましたが、患者さんと向き合っているうちに当時の勘を取り戻していったとでも言えばいいんでしょうか」

「ブランクがあって、あれですか。現役時代はさぞ、頼りになる看護師だったのでしょうね」

聞き間違いかと思ったのは私だけじゃなかったようで、悠生さんが不信感をあらわに口を開いた。

「なにがあったんだ。いや、どういうつもりだ？」

「見る目がなかったっていうのは、律さんに対してもそうだって気づいたみたい？」

悠生さんに尋ねられた康生さんが苦笑している。

もしも本当にそうなら、私の話を否定せずに聞いてくれるかもしれない。

そう考えて、なぜボランティアに行こうと思ったのか、どうして今この場にいるのかを伝えようと思った。

「以前、お伺いした際におふたりの話を聞いて、自分になにができるだろうとずっと考えていたんです。直接的ではないとしても、悠生さんの力になれるならという想いでボランティアに参加しました」

「まあ……」

「医療現場を離れていたのは、私の心の問題でした。それを乗り越えられたのは悠生さんのおかげです。だから……」

その場に立って、ご両親に向かって頭を下げる。

「自分の信念のために今の道を選んだ悠生さんを、私なりのやり方でこれからも支えたいと思っています。悠生さんは後継者にはならないかもしれませんが、自分にしかできない場所で立派に医師の仕事を務めています。どうか悠生さんのことを認めてくれませんか。私たちの結婚も、一緒に」

「……結婚を認めてくれと言うより先に、悠生のことを頼むのか」

義父が重い口調で言い、額に手を当てた。

「座りなさい。改めて言われなくても、もう悠生を後継者として立てるつもりはない」

「どういうことだ？」

悠生さんも知らない話だったようで、隣で訝しげな表情を浮かべている。

「今回の災害派遣について、ニュース記事がまとめられていた。そこに映っていたお前の姿を見て、母さんと考え直したんだ」

義父がスマホを操作し、該当のニュース記事を見せてくれる。

内容は、大地震の発生によって派遣された自衛隊員について書かれたものだ。

それほど目新しい内容ではないけれど、使用されている写真に大きく悠生さんが写っている。

患者を見つめているのだろう、真剣な表情だった。

鋭い目はなにもかも見透かすようで、責任感と強い使命感が宿っている。

額に滲んだわずかな汗が、普段は冷静に振る舞っている悠生さんの緊張を示していた。この写真一枚に、悠生さんがどれほどの決意を抱いて現場に立っているのかが詰まっている。

「努力を否定するな、という言葉を思い出したよ」

静かに言うのが聞こえてはっと顔を上げる。それを彼らに言ったのは私だ。

「私たちは今まで、悠生の選択を間違っていると思い続けてきた。どんな思いでなにをしているのか、見ないようにしてきたと言ってもいい。だが、律さんのその言葉を受けて、この写真を、悠生の活躍をちゃんと見た。……悠生には悠生の戦う場所がある。それを理解したよ」

「病院は俺が継ぐから安心して」

康生さんが横からフォローを入れる。悠生さんは驚きに目を見開いた後、なぜか自分の家族ではなく私を見た。

「両親とわかり合える日なんて来ないと思っていた。ありがとう」

「私は、そんな……いえ……」

偉業を成し遂げた、とでも言いたげな眼差しを向けられてうつむく。私はただ、その時に思ったことを口にしただけだ。こんな未来を狙ってやったわけじゃない。

「以前の暴言を謝罪させてほしい。……申し訳なかった」

「なにもわかっていないのは私たちのほうでした。ごめんなさい、律さん」

「頭を上げてください……！」

ご両親に頭を下げられて慌てて止める。たしかにふたりの言葉は私に優しくなかったけれど、あれがあったから現実と向き合えたというのもある。

「私もまだ未熟で、これからご迷惑をおかけしてしまうことがたくさんあると思います。ですが、悠生さんや悠生さんが大切に思うものを守っていきたいという気持ちはおふたりと一緒です。至らないところがありましたら、遠慮なく指摘してください」

「でしたら、ひとついいですか？」

義母に言われて緊張が高まる。

「ブランクがあるとはいえ、先日の様子を見る限り、あなたの持つ技術と経験は相当なものだと思います。……うちで看護師として働きませんか？」

「えっ……」

予想もしていなかった言葉に驚き、間の抜けた声がこぼれ出る。

どう返すのが正解なのかと、反射的に悠生さんを見てしまった。

「妻をスカウトするな」

頭を抱えた悠生さんが、どう見ても本気らしい母親を止める。

「私は律さんに聞いているんですよ。どうです？　まだ現場に立つのが不安だというなら、改めて学ぶ機会も用意しましょう。あなたはうちの嫁ですからね。ぜひ羽白病院に……」

「そうやって俺の周りの人間をすぐ引き抜かないでくれ」

「兄さんの周りには優秀な人が集まりがちだから。……たまに大外れを引く時もあるみたいだけど」

康生さんが苦い笑みを浮かべながら、悠生さんの持つ調査報告書に目を向けた。

「知っているかもしれないけど、医療従事者の数は年々減っている。待遇の改善や人材の確保、後進育成に力を入れてはいるけれど、やっぱり即戦力が欲しい。だからもし律さんにその気があるなら、全面的に協力するよ」

丁寧に説明してくれたおかげで、考える余裕と心の準備ができた。

相手を気遣ってちょうどいい間を与えるのは、悠生さんも同じだと気づき、似た者兄弟なのかもしれないと微笑する。

「ありがとうございます。少し、考える時間をいただけますか？」

「もちろん。兄さんもそれでいい？」

「律が決めることだ。無理に勧めるなら止めようと思ったが、そういうつもりじゃないなら好きにすればいい」

私の選択を尊重してくれる悠生さんに感謝し、ほっとひと息つく。

難しい話を終えた後は、康生さんのペースで一家団欒（だんらん）のひと時が訪れた。

ぎこちなくも歩み寄る親子の姿を見て、わだかまりを解く過程で思いがけず力を貸せたことをうれしく思った。

＊　＊　＊

すべてが終わった後、私たちは家でふたりきりの時間を過ごした。

こんなひと時を過ごすのは久し振りな気がして、悠生さんと一緒にいる喜びをしみじみと噛みしめる。

なにか大きなことを終えたような、それでいてこれから新しいことが始まるような、安堵と期待の気持ちを抱えているのはきっと私だけではないだろう。

ソファに座った悠生さんが、私を穏やかな眼差しで見つめる。

優しさと愛情に満ちた瞳は、これからどんなに時間が経とうと私を安心させてくれるに違いない。

「律、ありがとう」

感謝の気持ちを告げられ、少し照れくさくなった。何度も繰り返し聞いた言葉ではあるけれど、こうして改めて聞くと、温かいものが胸の中に広がるのがわかる。

「私こそありがとうございます。悠生さんがいてくれたから、今があるんです」

「今まで迷わせたこともあるだろう。俺がいたから、と言うが、俺のせいでつらい思いをさせた時もあったはずだ。亜香里の件も、俺が気づかなかったせいで悩ませてしまった。すまない」

「つらい思いなんて、もう全部忘れました」

それに、と付け加える。

「災害の現場に比べたら、どんな悩みも些細なことです」

「……そうか、君は強いな」

もしかしたら今後も悩む日が来るかもしれない。

だけど悠生さんとなら、どんな未来だって乗り越えていけるだろう。

だって私たちは既に、ここまで多くのことを乗り越えてきたのだから。

悠生さんが私を抱き寄せる。

そのぬくもりに従って腕の中に収まった。軽く顔を上げて、悠生さんに自分からキスをする。

「俺からするつもりだったのにな」

顎を指で持ち上げられて、すぐにお返しをされた。

「するのも、されるのも好きです。……悠生さんだけ、ですけど」

「そんな煽り方をしたらどうなるか、わかっているくせに」

悠生さんが私を引き寄せて、顔を近づけた。

唇と唇が優しくそっと重なる。

刻まれる温かさに幸せを感じているうち、徐々にキスが深くなっていった。

私を焦らす唇が、自分がなにを愛でているのかたしかめるようにゆっくりと動く。

その感触に応えると、至近距離でふっと笑い声が聞こえた。

「最初からベッドに行けばよかった」

「……そうですね。今からでも……」

「もう遅い」

再び唇を重ねると、お互いの呼吸が絡み合う。

呑み込む呼吸が果たして私のものなのか、悠生さんのものなのかわからなくなった。それぐらい深く重なり合って、気持ちがひとつになっていく。

心の中にあるすべての想いが、このキスに込められているような気がした。

お互いの愛情や信頼、これからの未来をキスという形でたしかめているような、そんな幸せな感覚だ。

今は離れることのほうが信じられないくらい距離を縮めて、悠生さんとの未来を想像する。

「今日、言われたこと……前向きに考えようと思うんです」

「……うちの病院で働くことか？」

「はい。今の職場も融通をきかせてくれるし、いい人たちが多いので悩ましいんですが……」

私がボランティアスタッフに参加すると言った時も、会社の人たちは快く送り出してくれた。

それどころか、自分たちにはできないからと背中を押してくれたくらいだ。

話が大きくなって、社長からも『頑張ってほしい』と直々に連絡をもらった時は震え上がったけれど。

「私、誰かを救うためにもう一度白衣を着たいと思ったんです。ボランティアで自分にできることがあるって改めて思えたのも大きかったですし、なにより悠生さんと同じ世界で戦い続けたいから」

「……そうか」

悠生さんはつぶやくように言うと、私の頭を優しく撫でた。

「だったら俺は、君を守るために制服を着続けよう」

私たちの戦う場所は、重ならないかもしれない。だけど、救った命は必ずどこかで繋がっている。

いずれ私たちの間にも新しい命を紡げたらいいなと、願いを込めて悠生さんにキスを贈る。

そのキスが、私たちの幸せの証明だった。

END

特別書き下ろし番外編

もう、なにも怖くない

「律、大丈夫か？」

椅子に座ったままぼんやりしていた私の耳に、悠生さんの声が届いた。

はっとして振り返ると、心配そうな顔をした悠生さんがドアの前に立っている。

思わず見とれたのは、彼が自衛官の儀礼服（ぎれいふく）を身につけているからだ。

そう、今日は私と悠生さんの結婚式。

友人や彼の仲間は呼ばず、お互いの家族だけを呼ぶ式にした。

私はともかく悠生さんの身内には忙しい人たちが多く、無理に予定を合わせてもらうくらいなら、いっそ家族だけの式にしたほうが私たち自身の自由も利くんじゃないかと思ったからだ。実際、身内での式ならばさほど時期に悩まずに済んだ。

「大丈夫って、なにがですか？」

近寄ってきた悠生さんを見上げる。

ウエディングドレスを身に着けた今、なかなか身動きが取りづらい。立ち上がろうとした私を悠生さんがそっと手で制した。

そして目線を合わせるように床に膝をつき、私の顔を覗き込んでくる。

「何度も名前を呼んだのに気づかないようだったから。緊張しているのか？　それともなにか心配事でも？」

「……違うんです。いろいろ考えてしまって」

せっかくの特別な儀礼服が汚れてしまわないよう、近くの椅子を示して悠生さんに座るよう促す。

「今日までいろいろあったなってこともそうなんですが、これからのことを考えると……」

「うちで改めて看護師の勉強を始めることか？」

ずばり言い当てられ、深くうなずく。

悠生さんと想いを通じ合わせ、私はご両親との和解を果たした。

彼らはかつて心ない言葉を投げかけたのを心底後悔しているようで、今はとても親切にしてくれている。

てっきり災害ボランティアでの活動を知ったからだと思っていたけれど、どうやら違うらしい。

『肩書きや学歴ばかり見て、大切なものを見ようとしていなかったのが恥ずかしい。

あなたは優しい人ね。私たちと話した時も、悠生のことを一番に考えてくれていましたし』

実際に私と話してみて印象が変わった、というのが近いのだろうか。

私がどんな人間なのかを理解したのかもしれない。

なんにせよ、彼女は私が抱く悠生さんへの想いや、彼を支えたいという気持ち、そのために自分のやれることをやっていきたいという選択を応援してくれている。

今も悠生さんはふたりにいい印象を持っていないようだけれど、彼女なりに歩み寄ろうとしているのはわかっていた。

ご両親は悪い人ではない。ただ、羽白家と代々受け継いできた病院を守ろうと盲目的になっていただけなのだと、改めて思う。

悠生さんはまだご両親に対して完全に心を許していないけれど、私と出会う前に比べれば、ずいぶん距離が縮まったらしい。彼の弟である康生さんが楽しそうにこっそり教えてくれたのを思い出す。

ふ、とつい頬が緩むのを感じながら、まだ不安そうな顔をしている悠生さんを見つめた。

「また看護師になっても大丈夫っていう気持ちと、ブランクがあるのに大丈夫かなっていう気持ちがあるんです。男性への苦手意識だって、また急によみがえるかもしれません……」

「……なるほどな」

悠生さんが難しい顔で言い、私をまっすぐに見据えて手を握ってくる。

「きっと俺がいくら大丈夫だと言っても、君の不安や懸念を完全には取り除けない。だけど忘れてほしくないのは、君のそばにはいつでも俺がいるということだ」

再会を果たした時のように、悠生さんの優しくて頼もしい言葉が心に染みる。

「今みたいに、思っていることはなんでも話してほしい。俺は君を不安の中でひとりにしないよ。一緒に考えたら、いい解決方法も見つかるかもしれないしな」

「……ありがとうございます」

握ってくれる悠生さんの手を見下ろすと、左手の薬指に指輪が光っていた。

私と同じ、お互いの愛情の証だ。

「私、悠生さんと結婚してよかったです。ううん、出会えてよかったです」

「俺もだ。君のいない人生は考えられないし、考えたくもない」

指を絡めて手のひらを重ね合わせ、どちらからともなく顔を寄せる。

だけど唇を重ねる瞬間、悠生さんがぴたりと動きを止めた。

「早く誓いのキスをしたいとずっと思っていたんだが、ここで練習をするのはきっといけないことなんだろうな」

「あ……たしかに、ここでしちゃだめですね」

物足りない気持ちになりながら身を引くと、悠生さんが切なそうに見つめてきた。

どうせふたりしかいないのだから、こっそりキスしてしまってもかまわないだろうに。そうしないところに、悠生さんの生真面目な一面が垣間見える。

自衛官なだけあってルールには厳しいのかもしれない。あるいは、それだけ誓いのキスを特別なものだと思っているかのどちらかだ。

「したいのはキスだけじゃない。指輪もはめたいな」

「指輪も？」

握られた手をひっくり返され、手の甲が上になる。

悠生さんは私の左手を撫でると、指先を薬指の位置で止めた。

「初めて君の手に指輪をはめた時、かわいい反応を見せてくれただろう？　式でも見られると思うと、楽しみでたまらない」

「今はもう、指輪くらいじゃ照れませんよ」

ちょっぴりだけ胸を張って言うと、悠生さんは微かに目を見開いた。

そしてふっと笑い、また私に顔を寄せる。

「俺ともっと恥ずかしいことをしたからか?」

声を潜めた意味深な囁きに、ぶわっと顔に熱が集まった。

「へ、変なことを言わないでください。これから結婚式ですよ……!」

「別に変なことは言っていないはずだ」

白々しく言う悠生さんを軽く睨んでおく。

くすくす笑われて、意外と彼は人をからかうのが好きだなと再認識した。

「これからも、君の恥ずかしがる顔は俺だけにしか見せないでくれ」

立ち上がった悠生さんがドアのほうへ向かう。

「のんびりしている場合じゃなかったんだった。スタッフが呼んでいるから、準備ができたなら外へおいで」

「あ、もう行けます」

「じゃあ……」

悠生さんはドアの前に立ったまま、私に向かって手を差し伸べた。

「一緒に行こう」

立ち上がって悠生さんの顔と、差し出された手を交互に見る。

出会ってからずっと、彼は私の手を引いて〝幸せ〟に導いてくれた。

式が終わって、夫婦としてまた新しい一歩を踏み出してからもきっと変わらないのだろう。

「はい！」

未来にどんな不安があったとしても、悠生さんはいつでも私のそばにいて、こんなふうに手を引いてくれる。

それがわかったからか、さっきまでの不安はすっかりどこかへいっていた。


ついに式の本番を迎え、目の前の扉が開かれる。

オルガンが流れる教会の奥に、悠生さんが待っていた。

緊張で喉が震える。

今までどうやって息をしていたのか、忘れてしまったかのようだ。

一歩足を踏み出すと、バージンロードの脇に立っていた母がベールをかけてくれた。

「とってもきれい。頑張って」

声を詰まらせ、涙で目を潤ませた母の言葉に、つられて私まで泣きそうになる。

「おいで、律」

横から声をかけたのは、しばらく会わないうちにずいぶん恰幅がよくなっていた父だった。悠生さんを紹介した時に思わず『なんだか貫禄が出たね』と言ったのが、今となっては懐かしい。

優しいひと言は私が幼い時に向けられたものと同じだと気づき、ぎゅっと唇を噛みしめる。

父の腕に自分の腕を絡め、バージンロードを一歩ずつ進む。悠生さんは微笑んだまま、私を待ってくれていた。

列席者と言っていいのだろうか。バージンロードの左右に並んだ座席には、悠生さんの家族の姿がある。

ご両親と康生さんは、私たちに温かい眼差しを送ってくれていた。

悠生さんと家族の関係が以前とは違うものに変わったということを、再度実感する。

今日までとても長かったような気がしたし、あっという間だったような気もした。

祭壇に向かって歩きながら、式をする前に悠生さんと私の両親に会いに行ったことを思い出す。

＊　＊　＊

両親は私が悠生さんを紹介すると、緊張した様子で何度も頭を下げた。

それを見た悠生さんのほうが恐縮してしまって、少し困惑した表情を私に向ける。

ここは私が場を仕切るべきだろうと判断し、口を開いた。

「連絡はしたけど、改めて紹介するね。こちらは羽白悠生さん。自衛隊で医官をされているの。お医者さんであり、自衛官でもある、って言ったらわかりやすいかな。真面目で、誠実で、人の気持ちを大切にしてくれる素敵な方だよ」

悠生さんもさすがに私の両親を前にして緊張しているのか、唇を引き結んでいた。

そのせいで、『小児科には向いていない』と言われた顔がますます険しく見える。

変に誤解してほしくはないから悠生さんのいいところを伝えたつもりだったけれど、両親は彼の人柄よりも職業に興味を持ったらしい。

「お医者さんで、自衛官？　そんなお仕事があるのねえ」

背筋を伸ばした母が感心したように言う。

その横で父もうんうんとうなずいて、緊張をほぐすようにぎこちない笑みを作った。

「律からいきなり結婚したと聞いた時は驚いたけど、たしかにしっかりした方に見える。お忙しいでしょうに、わざわざ挨拶に来てくださってありがとうございます」

父が深々と頭を下げると、悠生さんはゆっくり首を横に振った。

「顔を上げてください。むしろご挨拶が遅くなり申し訳ありません。結婚式前に顔合わせができて本当によかったです」

この場にいる全員が口を開いたからか、先ほどよりは緊張した空気がなくなったように思える。

ほっとしながら、後は適宜口を挟む形で三人が話すところを見守ることにした。

「不躾な質問でしたらすみません。どうしてすぐに結婚を許してくださったんですか？　いえ、そうなったのも私のせいなんですが……」

悠生さんが尋ねると、父と母がお互いの顔を見合わせた。

「律が決めたことですから」

「私たちが反対することじゃないものねえ」

ふたりが当然のように言うのを聞き、悠生さんはますます不思議そうな顔になる。

私でさえ、そんなにあっさりした回答でいいのかと思ってしまったけど、両親の性格を考えたらわからなくもない。

「ふたりともマイペースなんです。すごく」

改めて思うと、彼の家族とうちの家族では系統が違いすぎる。

「マイペース……なるほど……？」

「自分は自分、たとえ娘であっても他人は他人っていうのがしっかりしているのかもしれません」

「……たしかに君もそういう一面があるな。いい意味で自他境界がはっきり分かれているだろう。個人的に医療関係者として得難い資質だと思う。必要以上に患者の感情に引きずられずに済むから」

「それは考えたことなかった……」

いつものように話していると、ふと両親の視線を感じた。

ふたりともにこにこ笑っていて、実に楽しそうだ。

「私と悠生さんが話しているところ、そんなにおもしろい？」

気恥ずかしくなって聞いた私に、ふたりは同時にうなずいた。

「なんだかお似合いだなって。素敵な旦那さんに巡り合えてよかったね」

「お父さんはちょっと寂しい気がするなあ」

やっぱりどこかマイペースに感じるふたりの返答を聞いたからか、悠生さんの口もとが緩んでいる。

彼の緊張もちゃんとほぐれたようだと安心し、少し背筋を伸ばした。

今日両親のもとへ来たのは、悠生さんとのことを話すだけが目的ではない。

「……あのね、大事な話なんだけど」

深呼吸をしてから切り出すと、空気が変わったのを察したのか、両親が居住まいを正した。

「実は私……ずっと男性恐怖症だったの。転職した時期があったよね。あの時から最近まで」

「えっ……そんなの聞いてない」

母が口もとに手を当てて、驚いた表情を見せる。

「言わなかったの、ごめんね。ふたりを心配させたくなかったから」

相談できずに悩んだ時期もあったけれど、今となっては遠い過去の話だ。

「今、こうして話せるのは悠生さんのおかげで改善したから。もう普通に男性と話せるし、近づいても怖くない。……トラウマになった事件で助けてくれたのも悠生さんだったんだ」

顔色を変えている両親に、悠生さんとの初めての出会いや再会した時のこと、そして男性恐怖症を克服するために協力してもらったことを伝える。

さすがに契約結婚をしたことまでは言わなかったものの、おおむね言いたいことは伝わったはずだ。

「そう……そうだったのね。気づいてあげられなくてごめんね……」

母が目を潤ませて言う。

「もう大丈夫だから、ちゃんと伝えておこうと思って。これからも悠生さんがいたら、私はなにも怖くないよ。だから安心してね」

思いがけない告白のせいか、悲しそうな顔をしていた父が唇を噛む。

ふたりを安心させたい気持ちから次の言葉を選んでいた時、隣に座っていた悠生さんが身を乗り出した。

「どんなことがあっても、律さんを守ります。これから一生、彼女のすべてを守るために人生を捧げるつもりです」

「悠生さん……」

そんなにも深い愛を投げかけられるとは思っていなくて、胸がいっぱいになる。

今のは自衛官としてでも、医師としてでもなく、悠生さん自身の言葉だ。たくさんの人を救ってきた彼が、私のすべてを守ると言ってくれたのがうれしい。

「……よかったなあ、律。本当に……本当に素敵な人と巡り合えて」

てっきり泣くなら母のほうが先かと思ったのに、父のほうがぽろぽろ泣き始めてしまう。

母が慣れた様子でティッシュを渡してから、私たちに向かって苦笑した。

「お父さん、こう見えて涙もろいの。昔からずっとこう。……羽白さん、うちの子をどうぞよろしくお願いします」

「はい。必ず律さんを幸せにします」

悠生さんのまっすぐな言葉が響いたのは私だけではなかったようで、父がますます泣き出してしまう。

まさかこんな一面を見られるとは思わず驚く私の横で、悠生さんが温かな微笑みを浮かべていた。

＊　＊　＊

懐かしんでいるうちに、父のもとを離れる瞬間がやってきた。

名残惜しい気持ちで父の腕をほどき、悠生さんのもとへ向かう前に見つめる。

「お父さん、今までありがとう。私、幸せになるね」

「うん。……うん……」

肩を震わせた父が、泣くまいと顔をくしゃくしゃにして母のもとへ戻っていく。

私も今は、まばたきをできそうになかった。

悠生さんとは笑顔で向かい合いたいのに、このままでは泣き顔のまま式をすることになってしまう。

「……律」

私を迎えた悠生さんが小さく囁くように名前を呼ぶ。

「泣いてもいい。君の涙は俺が拭うから」

ありがとうと言いたかったのに、唇が震えて声が出てこなかった。

牧師が投げかける祝福の言葉も耳に入らないくらい、涙を堪えるのに一生懸命になる。

涙を拭ってくれる悠生さんに甘えてばかりではいたくない。

だけど、当たり前のように泣いてもいいと言ってくれたその優しさを、改めて好きだと思った。

＊　＊　＊

結婚式の後、私たちは式場の近くにあるホテルに向かった。

帰宅が難しい距離ではなかったけれど、せっかくならいつもと違う場所で特別感に浸りたいと私がお願いをしたからだ。

悠生さんはもちろん断らなかったし、似たようなことを考えていたと笑いながら教えてくれた。

私の後にシャワーを浴び終えた悠生さんが戻ってきて、ベッドに腰を下ろす。

彼の重みで、ぎしりとベッドが音を立てた。

「うちの両親が泣くところを初めて見た。康生もさすがに驚いていたな」

「今日はみんな泣いていましたね」

式をしている間、私の両親だけでなく悠生さんのご両親も泣いていた。

どうやら悠生さんにとってかなり衝撃的だったらしく、なにやら感慨深い表情をしている。

「式が終わった後、みんなで写真を撮る前にご両親となにか話していましたよね。なにを話していたんですか？」

「大したことじゃない。祝福の言葉と……謝罪をもらっただけだ」

「謝罪ですか」

「ああ。……俺は今まで、あの人たちのことをちゃんと理解できていなかったようだ。

なにかと見合いを勧めてきたのも、家のためというのはありつつ、俺のためという意味合いが強かったらしい。結婚して一人前、という考え方があるとでも言えばいいか……。とにかく『このままだと一生独り身かもしれない』『自衛隊の仕事は危険だから辞められるように居場所を作ろう』と焦っていたようだな」

そう言う悠生さんは、自分の言葉にいまいちしっくりきていない顔をしている。

焦っていたらしいというのは理解しても、ご両親が態度に出していないから本当にそうなのか、いまいち信じられていないのかもしれない。

だけど義母と接する時間が増えて、悠生さんが語っていたご両親と実際の彼らの姿が違うように感じていた私からすると、なんとなく納得できるような気がした。

彼女はなにかと悠生さんを気にかけていたし、私にも繰り返し息子を頼むと言っていたからだ。

「ふたりが政略結婚で愛し合っていないと思っていたのも、俺の思い込みだったのかもしれない」

「違うと思うようなことがあったんですか？」

「新婚生活がいかに楽しいものかを語られた。……父は新婚当時、仕事が手につかなくなって大変だったそうだ」

「それは意外ですね。そんなふうに見えないのに……」

「俺も驚いた。……もっと早く知れたら、ふたりに対する印象も違ったんだろうな」

ふ、と苦笑した悠生さんがベッドに横たわる。

その隣に私も横たわると、抱き寄せられた。

「君のことも褒めていた。最初に会った時のことをずっと気にしているようだぞ」

「もう大丈夫だとお伝えしたんですが……。これから仲良くなっていけば、きっと気にしなくなりますよね……？」

「俺からも気にするなと言っておく。これはあくまで俺が感じたことなんだが、少なくとも、罪悪感から君によくしているわけではないようだ。あれは純粋に気に入っているんだと思う。もっと会う頻度を増やしてくれないか、もっと君と喋りたい、と暗にねだられたからな。そんなにいつも話が盛り上がるのか？」

「そうですね。お医者さんなだけあって、お義母さまは最新の知識にとても詳しくて……。専門的すぎるとついていけなくなって申し訳ないんですが、新しい技術や論文の話をたくさんしてくれて楽しいです。私が聞くと、どんなことでも丁寧に教えてくれるんですよ」

彼女はたぶん、研究者気質なのだろう。自分の夢中になったことについて目を輝かせながら話し、私の意見も積極的に促した。

直接はっきりと言われたわけではないものの、お義父さんともよく話すと言っていたから、似た者夫婦なのかもしれない。

政略結婚だけどうまくいっていた……というのは、ここに理由がありそうだ。

「君も楽しんでいるならよかった。自分でも不思議なんだが、母と君が親しくしているとうれしい。俺にはできなかったことだからだろうか」

「今からでも仲良くできますよ。今度、お義父さんも一緒に食事をしますか？　お時間が合うなら康生さんもお誘いして」

「だったら君の両親も誘えばいい。両家の顔合わせも式の当日になってしまったしな。いろいろとまだ話し足りないこともあるだろう」

「いいですね、楽しそうです！」

どんな店がふさわしいだろうかとさっそく考えようとした時、私を抱きしめていた悠生さんの腕にぎゅっと力が入った。

それだけでなく、不意打ちのようなキスが唇に落ちる。

「あ、あの」

「かわいくて、つい」

すり、と悠生さんが頬をくっつけてきた。

「以前なら、いきなりキスなんてしなかったのにな」

「でも今のほうがうれしいです。悠生さんに我慢をさせなくてすみますから」

自分から悠生さんの胸に擦り寄り、顔を押しつける。

男性へのトラウマが残っていたら、このぬくもりを知らずに生きることになっていた。そんな未来もあったかもしれないと思うと、余計に今を大切に感じる。

「初夜とはいえ、式で疲れただろうからと思っていたのに」

身体を起こした悠生さんが私の上に覆いかぶさる。

そして目尻と頬にキスを落とした。

「我慢しなくてもいいなら、この先も続ける」

少しかすれた声には熱がこもっていた。

もしかしたらずっと我慢していたんじゃないかと思ってしまい、ますます鼓動が速くなる。

「続けてください。……触れるのも、触れられるのも、今は大好きなんです」

「ちゃんと俺限定で、と付け加えてくれ。ほかの男に……いや、女性相手でも触れさせたくない」

次のキスは唇に落ちた。

焦点が合わないほど近くで見つめ合い、同時にふっと笑ってから再び唇を重ねる。

「ん……悠生さん……手、熱いです……」

「君の肌が冷たいのかもしれない。温めよう」

「あ、待って……んん」

首筋を唇で食まれたかと思うと、お腹に手のひらを押し当てられる。

温めようとしているといえばそうかもしれないけれど、妙に色気のある触れ方で落ち着かなくなった。

「だんだん温まってきたな」

「悠生さんが……触る、から……」

「次はどこに触れていいんだ？　教えてくれ」

「あ……っ」

いたずらな手が私の肌を滑り、弱い場所を探り当てて翻弄する。

「ああ、そうだ。ひとつ確認しておきたいんだが……子どもについて、どう思う？」

「子ども……？　私と、悠生さんの……？」

「ああ」

息を荒らげながら悠生さんを見上げる。

「俺は欲しい。君との子どもなら間違いなくかわいいのを知っているから。守りたいものが増えるのもきっと幸せだと思う」

私の意見を聞く前に、自分の意見を言ってくれるのがありがたかった。

それが同じ考えなら、なおさらだ。

「私も欲しいです。悠生さんみたいにかっこよくて優しい男の子だったらいいな……」

「俺は君みたいにかわいくて強い女の子がいい」

濡れたキスが胸もとに触れると同時に、悠生さんの手が足の間に入ってくる。

「ケンカにならないように、姉弟というのはどうだろう弟がいると、しっかり者の姉になりそうだしな」

「兄妹でもかわいいかもしれませんよ。妹のことを思いやる優しいお兄ちゃんになること間違いなしです——っ、んん」

話している最中だというのに、待ちきれないといった様子で唇を奪われた。

膝裏を持ち上げられてそのまま深く繋がる。

「ゆ、う……せい、さん……っ」

「悪い。……今は子どもより、君が欲しくなった」

「ん、ん……」

広い背に腕を回し、足も悠生さんの腰に絡める。

まだ見ぬ私たちの子どもを思いながら、今はふたりきりの幸せに浸ることにした。

体調不良の朝

「こら、寝ていなさい」

寝室を出てキッチンに向かおうとしたら、廊下で悠生さんに捕まった。

まるで私が出てくるのを待っていたかのようなタイミングだ。

「でも私、元気です。たくさん寝ましたし、熱も下がりましたよ」

「俺の職業はなんだったっけ？」

あきれた様子で言われ、思わず床を見つめる。

結婚式も済ませ、新しい日常が始まってから数日が経った頃、私は体調を崩してしまった。

なんとなくだるくて、時々熱も出る。食欲がない日も増えた。

そういうわけで、休日なのをいいことに今日はゆっくりさせてもらっていた。

「自分の体調は自分でわかりますよ」

「絶対安静、だ。医師の言うことは聞くものだろう。違うか？」

「違わないです……」

「じゃあ、ベッドに戻って」

厳しい言い方ながらも、そこにはたしかに私への心配があった。

だからおとなしく背を向け、寝室に戻ってベッドに入る。

「ずっと寝ていて落ち着かない気持ちもわかる。でも、本調子じゃないんだろう。下手に動き回って長引いたらそっちのほうが大変だ」

ベッド脇に椅子を引き寄せて座った悠生さんが、横になった私を見下ろして言う。

まるで子ども扱いされているようなのに、不思議と嫌ではない。

私ももう面倒を見てもらう年齢ではないし、医療知識だってちゃんとある。

でも、たまにはいいかなと思った。

「なにを笑っているんだ？」

私の顔を覗き込んだ悠生さんが言う。

「自分が患者さんになるのも、たまにはいいなと思ったんです」

「……まったく」

昨夜と違い、もう熱のない頬に悠生さんの指がそっと触れる。

「うれしそうに言われたら、これ以上叱れないじゃないか」

「叱るつもりだったんですか？」

「ああ、そうだ。……あんまり俺を心配させないでくれ。不安になる」

自衛隊医官という職業柄、てっきり厳しい見方をしてしまうのかと思っていた。

だけどこの様子を見る限り、どうやらそれだけではなかったようだ。

「ごめんなさい」

「謝らなくていい。早く治ってくれたら、それで十分だ」

頬に触れていた悠生さんの手が離れていく。

無性に寂しくなって、つい手を伸ばしてしまった。

悠生さんの袖口を掴み、それ以上離れないよう引き留めてしまう。

「あ……」

「……甘えているのか？」

立ち去ろうと腰を浮かせかけた悠生さんは、目を丸くしながら私を見つめていた。

気恥ずかしさを覚えながらうなずくと、ふっと笑われた。

「困ったな、今すぐ抱きしめたい」

大切そうに手を握り返され、悠生さんの愛情を感じ取る。許されるなら四六時中悠生さんに触れていたい。

「私も抱きしめられたいです」

「……さすがに今はやめておこう。体調が回復してからだ」

触れたいという気持ちより、医師としての考えを優先させるところが真面目な悠生さんらしい。

そういう一面を尊敬しているけれど、今はもう少し理性を捨ててほしかった。

「患者が安心して休めるようにするのも、お医者さんの役目だと思いますよ」

「なるほど、いい言い訳だ」

「それに、回復のためによく効く療法があるなら試すべきです」

「俺は君の特効薬というわけか」

私の必死の言い訳がおもしろかったのか、悠生さんがくすくす笑っている。

抱きしめてほしい気持ちがもっと強くなるのを感じ、我慢しきれなくなって起き上がった。

そのまま悠生さんに向かって腕を伸ばし、ぎゅっと抱きしめて胸に顔を埋める。

ベッドの中でも外でも、彼にこうやって抱きつくのが好きだ。抱きしめ返してくれる悠生さんの腕に、守られている気持ちになる。

「まだ抱きしめるとは言っていないぞ」

「特効薬になってください」

「……今日は珍しくわがままだな。あんまりかわいい真似をしないでくれ」

私を抱きしめ返した悠生さんが顔を寄せてくる。だけど唇を重ねる直前で止まった。

「……今、ものすごく舌打ちをしたい気分だ」

「風邪ではないと思うので、大丈夫かと……」

ぎりぎりのところでキスをおあずけにされたのがもどかしくて、なんとか悠生さんに続けてもらおうと控えめにおねだりをする。

だけど真面目な悠生さんは、堪えた表情で首を左右に振った。

「ここでキスをしたとする。となると、今度はその先が欲しくなる。君が思うより、俺は我慢が下手な男なんだ」

「私は別に……」

「だめだ。誘惑するんじゃない。さすがにそこまで無理はさせられないからな」

キスを我慢する分、密着することに決めたのか、私を抱きしめる腕に力が入った。

「俺が続きをできるように、早く元気になってくれ」

「……はい」

目尻に落ちたキスは、いつもと同じくらい甘いのにもどかしさが滲んでいる。

普段なら悠生さんの腕の中は安心する場所なのに、今日は妙にそわそわして落ち着かなかった。

「もしかして、なんですが。……ちゃんと病院に行ったほうがいいのかもしれません」

「思い当たる節があるのか？」

「ええと……そうですね。最近、その……」

ふたりきりなのだから遠慮する必要はないのに、気恥ずかしさを覚えて悠生さんの耳に顔を寄せる。

「赤ちゃんかも、と思ったんです」

「なっ……！」

驚きの声を上げた悠生さんは、初めて見る顔をしていた。どちらかというと普段は無愛想といっていいくらい表情が硬いのに、目を大きく見開いている。最近はよく私の前で笑うようになったけれど、こんなに驚いているところは見たことがない。

「た、たしかにありえなくはないな。今から行こうか？　それとも明日にするか？　早めにはっきりすれば、家でどう過ごすのが正しいかもわかるな」

「とりあえず今は眠いです。だから抱き枕になってください」

「ああ、俺でいいなら……」

一緒にベッドに横たわると、ふたり分の重みで軋む音がした。

悠生さんは私を抱きしめたまま、興奮を隠しきれない様子で言う。

「……名前を考えたほうがいいか？」

「まだ決まったわけじゃないですよ」

「そうだな、焦りすぎた。俺がしっかりしなければならないのに……」

彼にはこんな一面もあるのかと、小さな感動を覚える。

可能性は充分すぎるほどある。最近、月のものも来ていなかった。

「心配しなくていいからな。ありとあらゆる伝手を使って、最高の産婦人科医を見つけるつもりだ」

「頼もしいパパですね」

もしかしたら、の段階だけれど、不思議と妙な確信があった。

本当に赤ちゃんができたのだとしたら、悠生さんはまた知らない一面を見せてくれるに違いない。

それを思うと、パパになった彼を見るのが楽しみだった。

END

あとがき

こんにちは、晴日青です。

このたびは『鉄仮面の自衛官ドクターは男嫌いの契約妻にだけ激甘になる【自衛官シリーズ】』をご購入いただき誠にありがとうございます！


本作は、『自衛官シリーズ』の二作目となる作品です。

素敵なシリーズ作品のひとつに加えていただけて光栄です。

ぜひ陸海空それぞれのヒーローたちをお楽しみくださいませ。


本作は陸上自衛隊医官のヒーローでした。

自衛官であり医官でもあるなんてとても忙しそうだ……と思いつつ、ある程度は物語として成立するように設定を調整しています。

ヒロインの律さんもまた、男性へのトラウマがあるという頑張れ頑張れな女性です。

前に踏み出したいのに踏み出せないもどかしさを長らく抱えてきた人ですが、悠生さんと出会えたおかげで無事に幸せを掴み取れてよかったです。

表紙イラストは松雄先生です！

悠生さんのかっこよさがいっぱいで、とっても素敵です……！

ヒーローがヒロインを抱っこしている構図が好きなので、今回の表紙を拝見して喜びました。

律さんもつやつやでかわいい……。抱えられるサイズなのいいですね……。

それではまた、どこかでお会いできますように。

晴日青（はるひあお）

晴日青先生への
ファンレターのあて先

〒104-0031
東京都中央区京橋 1-3-1
八重洲口大栄ビル7F
スターツ出版株式会社　書籍編集部　気付

晴日青先生

本書へのご意見をお聞かせください

お買い上げいただき、ありがとうございます。
今後の編集の参考にさせていただきますので、
アンケートにお答えいただければ幸いです。

下記URLまたは二次元コードから
アンケートページへお入りください。
https://www.ozmall.co.jp/enquete/IndexTalkappi.aspx?id=2301

鉄仮面の自衛官ドクターは
男嫌いの契約妻にだけ激甘になる
【自衛官シリーズ】

2025年2月10日　初版第1刷発行

著　者　晴日青
©Ao Haruhi 2025

発行人　菊地修一

デザイン　カバー　アフターグロウ
フォーマット　hive & co.,ltd.

校　正　株式会社鷗来堂

発行所　スターツ出版株式会社
〒104-0031
東京都中央区京橋1-3-1　八重洲口大栄ビル7F
TEL　03-6202-0386（出版マーケティンググループ）
TEL　050-5538-5679（書店様向けご注文専用ダイヤル）
URL　https://starts-pub.jp/

印刷所　大日本印刷株式会社

Printed in Japan

乱丁・落丁などの不良品はお取替えいたします。
上記出版マーケティンググループまでお問い合わせください。
定価はカバーに記載されています。

ISBN 978-4-8137-1700-3　C0193

ベリーズ文庫 2025年2月発売

『一匹狼なパイロットの溺愛に生真面目CAは気づかない～偽装結婚で天才機長は加速する恋情を放つ～』若菜モモ・著

大手航空会社に勤める生真面目ＣＡ・七海にとって天才パイロット・透真は印象最悪の存在。しかしなぜか彼は甘く強引に距離を縮めてくる！　ひょんなことから一日だけ恋人役を演じるはずが、なぜか偽装結婚する羽目に!?　どんなに熱い溺愛で透真に迫られても、ド真面目な七海は偽装のためだと疑わず…!?

ISBN 978-4-8137-1697-6／定価825円（本体750円＋税10%）

『ハイスペ年下救命医は強がりママを一途に追いかけ手放さない』砂川雨路・著

OLの月子は、大学の後輩で救命医の和馬と再会する。過去に惹かれ合っていた2人は急接近！　しかし、和馬の父が交際を反対し、彼の仕事にも影響が出るとを知った月子は別れを告げる。その後妊娠が発覚し、ひとりで産み育てていたところに和馬が現れて…。娘ごと包み愛される極上シークレットベビー！

ISBN 978-4-8137-1698-3／定価814円（本体740円＋税10%）

『冷酷社長な旦那様が「君のためなら死ねる」と言い出しました～ヤンデレ御曹司の激重愛～』葉月りゅう・著

調理師の秋華は平凡女子だけど、実は大企業の御曹司の桐人が旦那様。彼にたっぷり愛される幸せな結婚生活を送っていたけれど、ある日彼が内に秘めていた"秘密"を知ってしまい――！　「死ぬまで君を愛することが俺にとっての幸せ」溺愛が急加速する桐人は、ヤンデレ気質あり!?　甘い執着愛に囲われて…！

ISBN 978-4-8137-1699-0／定価825円（本体750円＋税10%）

『鉄仮面の自衛官ドクターは男嫌いの契約妻にだけ激甘になる【自衛官シリーズ】』晴日青・著

元看護師の律。4年前男性に襲われかけ男性が苦手になり辞職。だが、その時助けてくれた冷徹医師・悠生と偶然再会する。彼には安心できる律に、悠生が苦手克服の手伝いを申し出る。代わりに、望まない見合いを避けたい悠生と結婚することに!?　愛なきはずが、悠生は律を甘く包みこむ。予期せぬ溺愛に律も堪らず…！

ISBN 978-4-8137-1700-3／定価814円（本体740円＋税10%）

『冷血硬派な公安警察の庇護欲が激愛に変わるとき～燃え上がる熱情に抗えない～』藍里まめ・著

何事も猪突猛進！な頑張り屋の葵は、学生の頃に父の仕事の関係で知り合った十歳年上の警視正・大和を慕い恋していた。ある日、某事件の捜査のため大和が葵の家で暮らすことに!?　"妹"としてしか見られていないはずが、クールな大和の瞳に熱が灯って…！　「一人の男として愛してる」予想外の溺愛に息もつけず…！

ISBN 978-4-8137-1701-0／定価836円（本体760円＋税10%）

ベリーズ文庫 2025年2月発売

『極上スパダリと溺愛婚～女嫌いCEO・敏腕外科医・カリスマ社長編～【ベリーズ文庫溺愛アンソロジー】』

人気作家がお届けする〈極甘な結婚〉をテーマにした溺愛アンソロジー第2弾！ 「滝井みらん×初恋の御曹司との政略結婚」、「きたみ まゆ×婚約破棄から始まる敏腕社長の一途愛」、「木登×エリートドクターとの契約婚」の3作を収録。スパダリに身も心も蕩けるほどに愛される、極上の溺愛ストーリー！

ISBN 978-4-8137-1702-7／定価814円（本体740円＋税10%）

『追放された恥さらし王女が闇落ち中の悪魔騎士（実は最強王太子）をうっかり救ったら～奇跡の加護持ちだったうえ、妃として溺愛されてます～』朧月あき・著

精霊なしで生まれたティアのあだ名は“恥さらし王女”。ある日妹に嵌められ罪人として国を追われることに！ 助けてくれたのは“悪魔騎士”と呼ばれ恐れられるドラーク。黒魔術にかけられた彼をうっかり救ったティアを待っていたのは――実は魔法大国の王太子だった彼の婚約者として溺愛される毎日で⁉

ISBN 978-4-8137-1703-4／定価814円（本体740円＋税10%）

ベリーズ文庫with 2025年2月発売

『おひとり様が、おとなり様に恋をして。』佐倉伊織・著

おひとりさま暮らしを満喫する28歳の万里子。ふらりと出かけたコンビニの帰りに鍵を落とし困っていたところを隣人の沖に助けられる。話をするうち、彼は祖母を救ってくれた恩人であることが判明。偶然の再会に驚くふたり。その日を境に、長年恋から遠ざかっていた万里子の日常は淡く色づき始めて…⁉

ISBN 978-4-8137-1704-1／定価825円（本体750円＋税10%）

『恋より仕事と決めたけど』宝月なごみ・著

会社員の志都は、恋は諦め自分の人生を謳歌しようと仕事に邁進する毎日。しかし志都が最も苦手な人たらしの爽やかイケメン・昴矢とご近所に。その上、職場でも急接近⁉ 強がりな志都だけど、甘やかし上手な昴矢にタジタジ。恋まであと一歩⁉と思いきや、不意打ちのキス直後、なぜか「ごめん」と言われてしまい…。

ISBN 978-4-8137-1705-8／定価814円（本体740円＋税10%）

ベリーズ文庫 2025年3月発売予定

Now Printing

『たとえすべてを忘れても』 滝井(たきい)みらん・著

令嬢である葵は同窓会で4年ぶりに大企業の御曹司・京介と再会。ライバルのような関係で素直になれずにいたけれど、実は長年片思いしていた。やはり自分ではダメだと諦め、葵は家業のため見合いに臨む。すると、「彼女は俺のだ」と京介が現れ!? 強引にニセの婚約者にさせられると、溺愛の日々が始まり!?

ISBN 978-4-8137-1711-9／予価814円（本体740円＋税10%）

Now Printing

『タイトル未定(航空自衛官×シークレットベビー)【自衛官シリーズ】』 惣領莉沙(そうりょうりさ)・著

美月はある日、学生時代の元カレで航空自衛官の碧人と再会し一夜を共にする。その後美月は海外で働く予定が、直前で彼との子の妊娠が発覚！ 彼に迷惑をかけまいと地方でひとり産み育てていた。しかし、美月の職場に碧人が訪れ、息子の存在まで知られてしまう。碧人は溺愛でふたりを包み込んでいき…！

ISBN978-4-8137-1712-6／予価814円（本体740円＋税10%）

Now Printing

『両片思いの夫婦は、今日も今日とてお互いが愛おしすぎる』 高田(たかだ)ちさき・著

お人好しなカフェ店員の美与は、旅先で敏腕脳外科医・築に出会う。不愛想だけど頼りになる彼に惹かれていたが、ある日愛なき契約結婚を打診され…。失恋はショックだけどそばにいられるなら――と妻になった美与。片想いの新婚生活が始まるはずが、実は築は求婚した時から滾る溺愛を内に秘めていて…!?

ISBN 978-4-8137-1713-3／予価814円（本体740円＋税10%）

Now Printing

『タイトル未定(外交官×三つ子ベビー)』 吉澤紗矢(よしざわさや)・著

イギリスで園芸を学ぶ麻衣子は、友人のパーティーで外交官・裕斗と出会う。大人な彼と甘く熱い交際に発展。幸せ絶頂にいたが、ある政治家とのトラブルに巻き込まれ、やむなく裕斗の前から去ることに…。数年後、三つ子を育てていたら裕斗の姿が！ 「必ず取り戻すと決めていた」一途な情熱愛に捕まって…！

ISBN 978-4-8137-1714-0／予価814円（本体740円＋税10%）

Now Printing

『冷徹な御曹司に助けてもらう代わりに契約結婚』 美甘(みあま)うさぎ・著

父の借金返済のため1日中働き詰めな美鈴。ある日、取り立て屋に絡まれたところを助けてくれたのは峯島財閥の御曹司・斗真だった。美鈴の事情を知った彼は突然、借金の肩代わりと引き換えに"3つの条件アリ"な結婚提案してきて!? ただの契約関係のはずが、斗真の視線は次第に甘い熱を帯びていき…！

ISBN 978-4-8137-1715-7／予価814円（本体740円＋税10%）

タイトル、価格等は変更になることがございますのでご了承ください。